Rudolf Stähelin

Huldreich Zwingli und sein Reformationswerk

Rudolf Stähelin

Huldreich Zwingli und sein Reformationswerk

ISBN/EAN: 9783743420250

Hergestellt in Europa, USA, Kanada, Australien, Japan

Cover: Foto ©Raphael Reischuk / pixelio.de

Manufactured and distributed by brebook publishing software (www.brebook.com)

Rudolf Stähelin

Huldreich Zwingli und sein Reformationswerk

Huldreich Zwingli

und sein Reformationswerk.

Zum

vierhundertjährigen Geburtstage Zwinglis

dargestellt

von

Rudolf Stähelin.

Halle 1883.
Verein für Reformationsgeschichte.

Die Zeiten sind vorüber, wo es innerhalb der reformierten Kirche als Ehrensache galt, den Reformator der Schweiz nicht nur neben, sondern über Luther als den der Zeit wie dem Range nach ersten Begründer evangelischen Glaubens und Kirchentums hinzustellen. Und mit Recht. Martin Luther bleibt sowohl seiner reformatorischen Arbeit wie seiner geistigen Ausrüstung nach der Reformator der evangelischen Kirche, seine Geschichte der klassische Typus ihres Entstehungskampfes und seine Schriften dessen vollendetstes und reichstes Denkmal, die Schriften, in denen wie vielleicht in keinen andern der Welt schlichteste Popularität und tiefste Gedankenarbeit mit einander verbunden sind und die meist in den gleichen Worten die Grundlagen der Theologie und der Kirche neu festgestellt und den einfachen Mann aus dem Volke zur Erkenntnis seiner Pflichten und seiner Freiheit in Gott hingeleitet haben. Selbst in der Schweiz sind es ja diese Schriften Luthers gewesen, die mit Ausnahme von Zürich fast überall, in Bern und Basel wie in St. Gallen und Appenzell, zuerst den Kampf gegen die Hierarchie eröffnet und den unsichern Drang nach Wahrheit und Freiheit der evangelischen Heilslehre entgegengeleitet haben: lange ehe Zwingli für einen weiteren Kreis als Kampfgenosse sich ihm beigesellte und die erste seiner reformatorischen Schriften in die Öffentlichkeit gab, waren diejenigen Luthers in Tausenden von Exemplaren durch die Basler Buchdrucker verbreitet worden und waren die Veranlassung gewesen, daß ein Ökolampad in Basel dem evangelischen Glauben sich zuwandte, daß der Berner Niklaus Manuel in seinen satirischen Dramen seinen Spott über die römische Hierarchie ausgoß und der St. Galler Johann Keßler seine bekannte Reise nach Wittenberg machte, um dort die theologische Anleitung zum reformatorischen Wirken in seiner Heimat zu empfangen. Überall also wird, soweit es sich um die Entstehungsgeschichte der Reformation und um die erste Begründung des evangelischen Glaubenslebens handelt, die Persönlichkeit des Mannes weit im Vordergrunde stehen, der aus den Banden des Mönchtums zur Freiheit eines Christenmenschen sich hindurchgerungen und der verdammenden Bulle des Papstes mit der Verkündigung dieser Freiheit geantwortet hat, der vor dem Kaiser zu Worms sein weltgeschichtliches Bekenntnis abgelegt und dem Volke die deutsche Bibel und das deutsche Kirchenlied in Hand und Herz hineingelegt hat, und er wird allewege als dieser erste unter den Vätern und Begründern der evangelischen Kirche auch von den Teilen derselben geehrt bleiben, die, hierin ja treuer als die eigene seiner Mahnung folgend, sich nicht nach seinem Namen genannt und auch in der Ausgestaltung ihrer Lehre und ihres Gottesdienstes sich seiner Einwirkung gegenüber selbständiger gehalten haben.

Anders aber verhält es sich, wenn nun eben diese weitere Entwicklung der evangelischen Kirche nach Lehre, Cultus und Verfassung, die bestimmtere theoretische und praktische Formulierung der durch die Reformation lebendig gewordenen Prinzipien in Betracht gezogen und wenn andrerseits ihre Befestigung und Ausbreitung über die deutschen Länder hinaus, also die geschichtliche Gesammtstellung des Protestantismus gegenüber dem Romanismus ins Auge gefaßt wird. Da tritt der Pfarrer von Zürich nicht nur als dienender Gehilfe, sondern als selbständiger Mitarbeiter und Bundesgenosse dem Wittenberger Doktor zur Seite und bringt sowohl in seiner Theologie als in seinem reformatorischen Verfahren Gesichtspunkte zur Geltung, die das Beiden gemeinsame evangelische Prinzip nach verschiedenen Seiten hin erst eigentlich zu seiner vollen und konsequenten Durchführung gebracht und jedenfalls geschichtlich als unentbehrliche Faktoren für seine weitere Verbreitung im Ranme sich erwiesen haben. Schon was den Ursprung und den innern Bildungsgang seiner reformatorischen Erkenntnis betrifft, konnte Zwingli bei aller Unterordnung seiner Person und seines Werkes unter den, dem er das Zeugnis giebt, daß seit tausend Jahren keiner seines Gleichen aufgetreten war, doch mit vollem Recht sich darauf berufen, daß er seine Lehre nicht von Luther, sondern aus dem Selbstwort Gottes genommen und noch ehe Luthers Name bekannt geworden, in seinen Predigten vorgetragen habe. Aber mit diesem selbständigen Ursprung hing nun auch eine selbständige Ausprägung des evangelischen Prinzips zusammen, die gewiß nicht minder, als die Übereinstimmung mit Luther, für den reformatorischen Beruf Zwinglis Zeugnis ablegt und seinem Reformationswerk die Bedeutung eines zweiten in die weitesten Fernen hinaus wirksamen Ausgangspunktes der reformatorischen Bewegung gegeben hat. War durch jenen eigenen Ursprung die evangelische Kirche vor dem Schein gerechtfertigt, blos durch die persönliche Anziehungskraft Luthers hervorgerufen zu sein, und als das Erzeugnis eines nicht blos individuellen, sondern allgemeinen christlichen Lebenstriebes dargestellt, so konnten in Folge dieser selbständigen Ausprägung auch andere Seiten und Grundzüge des evangelischen Christentums, die in Luthers Wesen mehr zurücktraten, innerhalb dieser Kirche Gestalt und Geltung gewinnen, und sie war für alle Zukunft vor der Gefahr bewahrt, lutherische Kirche im unrechten Sinn des Wortes, eine ausschließlich von Luthers Geist bestimmte Gemeinschaft zu werden, um so mehr, da gerade die scharfe, individuelle Art dieser Ausprägung bei Zwingli sowohl auf praktischem wie auf theoretischem Gebiete es seinen Genossen und Nachfolgern, einem Oekolampad, Bullinger, Calvin leichter gemacht hat, modifizierend und weiterbildend auf sie einzuwirken.

Luther hat bekanntlich in seiner spätern Entfremdung von Zwingli diesen Wert des von ihm Geleisteten verkannt und in seinen Geist sich so wenig zu finden vermocht, daß er in seiner derben Weise geradezu den Teufel als Urheber desselben erklärte. Aber gerade an diesen von ihm verworfenen Typus evangelischer Lehrbildung und Kirchengestaltung hat sich später der evangelische Protestantismus in vielen seiner außerdeutschen Gestaltungen angeschlossen, und während die im engern Sinn lutherische Kirche im Wesentlichen auch für die Folgezeit auf ihre Stammländer in Deutschland beschränkt blieb, ist aus dem kleinen durch Zwingli reformierten Gemeinwesen von Zürich eine über weite Länder, ja Erdteile sich verzweigende Gemeinschaft geworden, in deren einzelnen Teilen das evangelische Christentum in Leben und Lehre aufs mannigfaltigste zur Auswirkung gelangt ist und seine defensive wie expansive Kraft in vielfach überlegener Weise bewährt hat.

Diese Rechtfertigung der Geschichte gegenüber der durch Luther ausgesprochenen Verwerfung wird aber gewiß auch das weitere Urteil als nicht zu gewagt erscheinen lassen, daß auch für die Zukunft dieser von Zwingli vertretene Typus gerade in seiner Selbständigkeit gegenüber Luther und in seiner durch die Geschichte bewährten Entwicklungsfähigkeit sich noch nicht ausgelebt hat. Sowohl in seiner Lehrbildung, die mehr als die der übrigen Reformatoren sich vom Augustinismus frei hielt, wie in seinem auch die ethischen und sozialen Ziele des Christentums direkt in sich aufnehmenden Reformationsverfahren liegen Momente genug, die auch in der Gegenwart noch der Theologie wie der Kirche zur Anregung dienen können und die es als etwas in den Bedürfnissen derselben wohl Begründetes erscheinen lassen, daß gerade in neuerer Zeit dem Reformationswerk Zwinglis nach beiden Seiten hin eine erhöhte Aufmerksamkeit und ein noch immer nicht ermattetes Studium zugewandt worden ist.

So wird die Säkularfeier Huldreich Zwinglis, wenn auch in bescheidnern Grenzen sich haltend, neben derjenigen Luthers ihr gutes Recht haben. Seine Eigenart braucht nicht verwischt und seine Mängel nicht beschönigt zu werden, um der Anerkennung der auch ihm verliehenen reformatorischen Begabung und Berufung Raum zu lassen, und vor allem wird es für die Kirche, die im Unterschied von der nach Luthers Namen sich nennenden als die nach Gottes Wort reformierte Kirche sich bezeichnet, weil sie bei aller Dankbarkeit gegen Luther doch ihrer selbständigen Entwicklung und ihres selbständigen Rückgangs auf die heilige Schrift sich bewußt ist, bei diesem Anlaß Aufgabe und Bedürfnis sein, neben Luther auch dem Manne in seiner eigentümlichen geschichtlichen Bedeutung gerecht zu werden, dem sie vor allen anderen diese selbständige Hinweisung und Zurückführung zur heiligen Schrift zu verdanken gehabt hat. Diesem Zweck möchten die folgenden Erinnerungsblätter dienen, indem darin ohne Anspruch auf eine biographische Vollständigkeit in Bezug auf Zwinglis

Lebensbild der Verjuch gemacht wird, die für seine reformatorische Entwicklung und Arbeit maßgebenden Züge aus demselben herauszuheben. Die Bemühung um eine quellenmäßige Behandlung und eine möglichst sorgfältige Fühlung mit der bereits vorhandenen Literatur wird sich hoffentlich auch ohne direkte Bezugnahme nicht verleugnen und ebensowenig das aufrichtige Bestreben, auch in den von entgegengesetzten Standpunkten aus an diesem Bilde gemachten Ausstellungen das Wahre und Berechtigte zu seiner Geltung gelangen zu lassen.

1.

Es sind abgesehen von den äußeren Umrissen des Lebensganges verhältnismäßig nur wenige Nachrichten, die uns über die Jugendgeschichte Zwingli's aufbewahrt sind, ganz entsprechend der ruhigen, statt schroffer Übergänge überall das Bild harmonischen Zusammenhangs darbietenden Entwicklung, deren geistiger Ertrag in der Folge in dem seiner Hand anvertrauten Reformationswerk zum Ausdruck kommen sollte und deren Verlauf dieser ganzen Jugendgeschichte in so unverkennbarer Weise den Stempel eines einheitlichen, eben auf dieses Werk hinzielenden göttlichen Erziehungsplanes aufdrückt.

Noch steht das Haus, in welchem Huldreich Zwingli am ersten Januar 1484 zu Wildhaus, dem höchstgelegenen Dorf des Toggenburger Landes geboren ist, ein einfaches, aus einem größeren Wohnraum im Erdgeschoß und einigen Kammern bestehendes Bauernhaus, das indessen bei aller Dürftigkeit seines gegenwärtigen Aussehens in jener Zeit doch zu den größeren und wohleingerichteten gehört haben mag. Seine Familie war eine der angesehensten des Dorfes; sein Vater, nach Mykonius' Zeugnis ein wegen seiner Rechtschaffenheit und Frömmigkeit hochangesehener Mann, war von der Gemeinde zum Amtmann gewählt worden; ein Bruder desselben, der später um die Erziehung des Reformators so verdiente Bartholomäus Zwingli, war zur Zeit von dessen Geburt ihr Pfarrer; auch die Äbte zweier benachbarter Klöster gehörten zu seinen nächsten Verwandten. Trotz dieser angesehenen Stellung der Familie herrschte in den Verhältnissen, in denen Zwingli mit seinen acht Geschwistern dort aufwuchs, die größte Einfachheit; er wurde, wie er später erzählt, „von seinen Eltern von Kindesbeinen an gelehrt, seine Armut und Übel fröhlich zu tragen, wie Christus mit seiner reinen Mutter sie getragen hat," und wie uns dieses Zeugnis das Recht gibt, schon von der Einwirkung des Elternhauses den ihn auszeichnenden Sinn fröhlicher Genügsamkeit und Arbeitsamkeit herzuleiten, so werden wir auch in den Eindrücken der dieses Haus umgebenden mächtigen Gebirgswelt die ersten Anregungen erblicken dürfen zu jener demütigen und vertrauensvollen Ehrfurcht vor der Allmacht des in Natur und Geschichte sich offenbarenden Gottes, die gleichfalls sowohl in dem Leben wie in der späteren Lehre des Reformators als fester Grundzug uns entgegentritt.

Andrerseits hinderte dann aber auch jener Zusammenhang der Familie mit dem geistlichen Stand und dem Klosterleben ihre Angehörigen durchaus nicht daran, bei aller persönlichen Frömmigkeit doch auch gegenüber den kirchlichen Autoritäten und Ordnungen eine Stellung einzunehmen, welche derjenigen des späterem Reformators in mancher Beziehung zur Vorbereitung und zur Erleichterung gereichen mußte. Das Toggenburg gehörte infolge eines 1468 mit den Erben des alten Grafenhauses abgeschlossenen Kaufes zum Gebiet des Klosters St. Gallen, und diesem Kloster stand in der zweiten Hälfte des 15. Jahrhunderts in der Person des Ulrich Rösch ein Abt vor, in dessen Gewaltthätigkeiten und herrschsüchtigen Bestrebungen die Unvereinbarkeit einer solchen weltlichen Herrschaft mit der geistlichen Aufgabe der Kirche in grellster Weise an den Tag trat. Die Toggenburger hatten zwar in ihr neues Verhältnis zum Kloster eine Reihe von Gerechtsamen und Freiheiten hinübergenommen, die sie politisch sehr unabhängig stellten; aber sie sahen in unmittelbarer Nähe die Kämpfe, welche der Abt mit benachbarten Landschaften zum Zweck einer größeren Unterdrückung seiner Unterthanen führte. Im Jahre 1490 war der junge Zwingli während seines Aufenthaltes in Wesen Zeuge, wie der Abt zur gewaltsamen Befestigung seiner Herrschaft achttausend Mann Hilfstruppen durch das Toggenburg herauf sich zuführen ließ, und auch für das letztere brachte seine Herrschaft Druck und Beeinträchtigung genug, um in seinen Bewohnern und gerade in denen, die wie Zwinglis Vater von Amtswegen für seine Freiheit einzustehen hatten, den Wunsch nach einer durchgreifenden Umgestaltung dieser Verhältnisse rege zu machen. Es ist gewiß nicht zufällig und hängt auch nicht blos von der persönlichen Einwirkung des Reformators ab, daß gerade sein Heimatland, das Toggenburg, zu den ersten Gebieten gehörte, die sich für die Predigt des Evangeliums entschieden, und daß der dahin zielende Beschluß des Toggenburger Landrats vom Sommer 1524 einstimmig und widerspruchslos gefaßt werden konnte; und wenn bei dieser Umwälzung gerade die Zwingli verwandten Äbte von St. Johann und von Fischingen, der letztere wenigstens anfangs, unter den hauptsächlichen Beförderern erscheinen, so haben wir auch nach dieser Seite hin Andeutungen genug, wie viele Antriebe zu der später von ihm eingeschlagenen Bahn dem Reformator schon aus diesem nächsten Kreise seiner Volksgenossen und seiner Familie zugeflossen sein mögen.

Das deutlichste und zugleich für die geistige Entwicklung Zwinglis wichtigste Zeugnis des in seiner Familie lebenden Sinnes ist aber unstreitig die ihm gegebene planvolle humanistische Erziehung. Er verdankte sie hauptsächlich jenem Oheim, der zur Zeit seiner Geburt Pfarrer in Wildhaus war. Derselbe wurde bald darauf zum Pfarrer an der Gemeinde Wesen gewählt und ließ den reichbegabten jungen Neffen frühzeitig bei sich wohnen und den Unterricht genießen, der ihm dort gegeben werden konnte. Als der Knabe schon in seinem zehnten Jahre diesem Unterricht sich entwachsen zeigte, übergab er ihn zur weiteren Fortbildung einem durch seine Sprachkenntnisse und seine pädagogische Milde gleich sehr sich empfehlenden Schulmeister in Basel, ließ ihn dann, als er auch hier das seinem Lehrer zu Gebote stehende Wissen sich angeeignet hatte, nach Bern gehen, wo vor kurzem der als Humanist und Dichter berühmte Heinrich Wölflin oder Lupulus die erste von der Kirche unabhängige Schule in der Schweiz eröffnet hatte, und veranlaßte endlich noch vor der Zurücklegung seines sechzehnten Altersjahres (1499) seine Übersiedelung nach Wien, hauptsächlich, wie Bullinger erzählt, um ihn den Beeinflussungen zu entziehen, durch welche die Dominikanermönche in Bern den durch seine wissenschaftlichen Kenntnisse und besonders auch seine Fertigkeit im Gesang und in der Musik sich auszeichnenden Knaben zum Eintritt in ihr Kloster zu verlocken suchten.

Leider fehlen über die nun folgenden, an jenem Hauptsitz des Humanismus zugebrachten Jahre fast alle Nachrichten. Die beiden hauptsächlichen Gewährsmänner für diese Jugendgeschichte, Mykonius und Bullinger, berichten nur im allgemeinen, daß er durch die dort erworbenen Kenntnisse in der Philosophie, sowie durch seine Fertigkeit im Disputieren „vor anderen Studenten hinaus verrühmt" geworden sei; doch werden wir kaum irre gehen, wenn wir annehmen, daß zu der Zeit, wo ein Mann wie Conrad Celtes der Wiener Hochschule ihren Glanz gab und die Lust zum Studium und zur Nachahmung der Alten so kräftig weckte, und nach der bei Lupulus erhaltenen Vorbildung sein Geist neben jener mehr formalen Schulung auch aus diesen neuerschlossenen Quellen des Humanismus Nahrung gezogen und vielleicht geradezu die Entscheidung für seine ganze wissenschaftliche und geistige Lebensrichtung empfangen hat.

In Basel wenigstens, wohin er von Wien aus sich begab und wo sein Name am 1. Mai 1502 in der Universitätsmatrikel eingezeichnet ist, finden wir diese Entscheidung nach Mykonius' Darstellung von Anfang an bei ihm vollzogen. Er übernahm trotz seiner Jugend eine Stelle als Lehrer einer dortigen Schule, durch welche er sich in Verbindung mit einigen allmählich von ihm erworbenen Pfründen seinen Lebensunterhalt sicherte, und erzielte dabei durch die schon damals an ihm hervortretende bedeutende pädagogische Begabung großen Erfolg. Gleichzeitig machte er an der Universität den philosophischen Cursus, der noch ganz im Geist der alten Scholastik geregelt war, in üblicher Weise durch, promovierte auch ordnungsgemäß 1504 zum Baccalaurius und 1506 zum Magister, betrieb indessen, wie sein Freund berichtet, dieses ganze Studium von vornherein zu keinem anderen Zwecke, „als um den Feind kennen zu lernen, den er dereinst würde bekämpfen müssen". Das freie Urteil, das er sich schon damals erlaubte, zeigt sich in der Thatsache, daß er 1505 einige Thesen des Picus von Mirandula, die in Rom als ketzerisch verurteilt worden waren und namentlich mit der Autorität des Thomas von Aquino sich in Widerspruch setzten, als richtig in Schutz zu nehmen wagte. Auch in der Freude an Scherz und Spiel und heiterer Geselligkeit, in seiner Hochschätzung der Musik „als der besten Trösterin gegenüber allen Arten von Traurigkeit" und in der ihm nachgerühmten Virtuosität in der Handhabung der mannigfaltigsten musikalischen Instrumente zeigt er sich ganz als ächten Schüler jenes Humanismus, wie ihn ein Conrad Celtes und seine Genossen in der deutschen Jugend zu verbreiten und als den Erwecker neuer Lebenslust und gehaltvollerer Lebensauffassung dem ermatteten Geist der Vergangenheit gegenüberzustellen begannen.

Mit dem durch den Empfang der Magisterwürde bezeichneten Abschluß des philosophischen Cursus hätte für Zwingli nun der Beginn des zusammenhängenden theologischen Studiums eintreten sollen. Allein teils sein innerer Widerwille gegen den scholastischen Betrieb desselben, in welchem er ganz nach der Weise der Humanisten „nichts als Verwirrung und Barbarei, weltliche Weisheit und leeres Geschwätz" zu erblicken vermochte, teils die nunmehr eintretende Wendung seines äußeren Lebensganges ließen die Beschäftigung damit nicht lange dauern. Noch im gleichen Jahre seiner Magisterpromotion 1506 wurde er, erst zweiundzwanzigjährig und noch ehe er die Priesterweihe erhalten hatte, zum Pfarrer der Gemeinde von Glarus gewählt, mit welcher er schon durch seinen Oheim in Wesen in näherer Beziehung stand. Er ließ sich denn auch bald, um die Stelle antreten zu können, von dem Bischof zu Constanz zum Priester weihen und trat, nachdem er in Wildhaus die erste Messe gelesen, gegen Ende des Jahres 1506 sein Amt in Glarus an. Aber es gehört nun mit zu den Zeugnissen der über seinem Leben waltenden providentiellen Führung, daß ihm unmittelbar vor diesem Uebergang von dem Studium in das praktische Amt noch ein Lehrer zugeführt wurde, der mit der gleichen Begeisterung für den Humanismus, wie sie Zwingli beseelte, zugleich wenigstens eine Ahnung in ihm erweckte, wie auch die Theologie, mit der er sich bis dahin nach dem Ausdruck des Mykonius nur „wie ein Kundschafter im feindlichen Lager" glaubte beschäftigen zu können, durch einen ähnlichen Rückgang zu den Quellen und Vorbildern des christlichen Lebens erneuert und für den wahren Zweck der Kirche fruchtbar gemacht werden könne. Es war dies der aus Biel gebürtige Thomas Wyttenbach, der im November 1505 von Tübingen, wo er bis dahin gelehrt hatte, als humanistischer und theologischer Lehrer in Basel sich niederließ. Von den Vorträgen dieses Mannes leitet Zwingli selbst die ersten Antriebe her, die theologische Wahrheit statt aus den Deduktionen der Scholastik aus der heiligen Schrift selbst zu schöpfen, ebenso wie ihm auch durch eine von Wyttenbach vertheidigte These über den Ablaß zuerst die Erkenntniß aufgedeckt wurde, daß der Tod Christi allein die Ursache der Sündenvergebung sei, und daß nicht die Schlüsselgewalt der Kirche, sondern nur der Glaube sie dem Menschen zu eröffnen vermöge. Die wahre Tragweite dieser Erkenntniß blieb freilich dem Lehrer wie dem Schüler damals noch verschlossen. Als sie zwanzig Jahre später durch den letzteren in ihrer befreienden und beseligenden Kraft auf den Leuchter gestellt worden war, sprach Wyttenbach noch im Jahre 1523 ihm gegenüber die Klage aus, wie sie doch so lange ihre Zeit über den Thorheiten der Sophisten verloren und erst so spät sich von ihnen weggewandt hätten, so daß man sieht, es war erst dem kräftigern und entschlossenern Schüler vorbehalten, den früheren Lehrer zur Klarheit über die von ihm aufgestellten Principien weiterzuleiten. Aber es waren doch durch diesen Unterricht, wie schon der damalige Mitschüler und spätere Mitarbeiter Zwinglis, Leo Jud, über die Wirkung desselben sich ausdrückt, „einige Samenkörner der wahren Frömmigkeit in Zwingli hineingelegt, und der Antrieb in ihm geweckt worden, ohne weitere Rücksicht auf die sophistischen Thorheiten dem Lesen der Schrift selbst sich zuzuwenden"; die von Wyttenbach ausgesprochene Hoffnung, daß der Theologie in kurzer Zeit eine Erneuerung zu derjenigen Gestalt bevorstehe, wie sie die Väter aus der Schrift geschöpft hätten, gab auch dem Schüler das verlorne Vertrauen zu ihr wieder, und so hatte er, wenn ihm auch das neue Land selber noch verborgen war, von jenem Lehrer doch gerade beim Eintritt in seine priesterliche Thätigkeit den Kompaß in die Hand bekommen, durch welchen ihm im Zusammenhang mit den praktischen Aufgaben und Erfahrungen desselben der Weg dahin nun immer deutlicher sich erschließen sollte. Wyttenbach gehörte später zu den ersten und bedeutendsten Mitarbeitern Zwinglis in der Schweiz, und es ist ja auch diese Thatsache für den ruhigen, aber stätig vorwärts leitenden Charakter seiner Jugendentwicklung nicht ohne Bedeutung, daß wir später sämmtliche als einigermaßen einflußreich uns bekannte Lehrer Zwinglis gleich nach seinem öffentlichen Hervortreten als seine entschiedenen Anhänger und Mitkämpfer wiederfinden.

Auch von der zehnjährigen Wirksamkeit Zwinglis in Glarus geben die beiden Biographien, an die wir für die Kenntnis seiner Lebensumstände in erster Linie gewiesen sind, nur ein sehr unvollkommenes und kurz zusammengefaßtes Bild. Dafür beginnt hier sein Briefwechsel ergänzend in die Lücke zu treten, wenn auch leider für diese früheren Zeiten die Briefe Zwinglis selbst meist verloren sind und die Kenntnis seiner Studien und seiner inneren Entwicklung hauptsächlich den in den Briefen seiner Freunde gegebenen Andeutungen entnommen werden muß. Das Amt, das er als Leutpriester zu verwalten hatte, war kein leichtes; fast der dritte Teil des Landes gehörte zu seiner Kirche, und von der Gesinnung, mit der er dasselbe antrat, bezeugt er später, daß so jung er auch gewesen sei, doch das ihm übergebene Wächteramt ihm allezeit mehr Furcht als Freude in seinem Gewissen verursacht und durch das Bewußtsein, wie Gott das Blut seiner Schäflein von seinen Händen fordern werde, ihn geschreckt habe. Trotzdem läßt sich in seinem Verkehr mit den Freunden, wie ihn eben jener Briefwechsel uns vor das Auge stellt, während dieser ganzen Zeit das Vorwalten des humanistischen Interesses und Tones überall wahrnehmen. Er stand in enger Verbindung mit dem damals in Wien lebenden, als Gelehrter wie als Dichter gleich berühmten St. Galler Vadian, den er bald für seine jungen Freunde um Förderung ihrer Studien, bald wieder um Rat und literarische Hilfsmittel für sich selbst, besonders in der Erlernung des Griechischen angeht, und noch mehr war der geistreiche und lebenslustige Glareanus sein Vertrauter, der ihm seine Bücher besorgt, seine poetischen Versuche durchsieht und verbessert und gelegentlich bei der Ankündigung eines Besuches ihm in Aussicht stellt: „Wenn ich komme, so wollen wir guter Dinge sein und mit einander Trompete blasen." In dem Briefe eines anderen Freundes wird er einmal als „Priester sowohl der Musen als Christi" angeredet. Aber für Zwingli gab es ja, zumal auf seinem damaligen Standpunkt, in der That auch keinerlei Gegensatz zwischen diesem Humanismus und den Pflichten seines geist-

lichen Amtes. Die Verflachung der sittlichen Begriffe und die
laxe Beurteilung der Sünde, wie sie im Gegensatz zu einer
wahrhaft christlichen Lebensanschauung dieser humanistischen Bil=
dung ohne Frage vorgeworfen werden muß, standen in der Kirche
schon lange vor deren Eindringen in fast unbeschränkter Geltung.
Dagegen brachte sie nach anderen Seiten hin als Erweckung zu
ernsterer geistiger Arbeit, als Schärfung des bürgerlichen Pflicht=
gefühls und als Bereicherung des inneren Lebens durch die Er=
weiterung des Gesichtskreises und die Hingabe an neue ideale
Aufgaben Antriebe mit sich, in denen Zwingli nicht bloß für sich,
sondern auch für die Kirche und besonders den Klerus seines
Vaterlandes eine Förderung von unschätzbarem Werte erblicken
mußte, und die in Glarus verlebten Jahre waren die Zeit, wo
gerade in der Schweiz diese Anregungen zuerst in weiterem Um=
fange hervorzutreten und in ihren wohlthätigen Wirkungen sich fühl=
bar zu machen begannen. Bis dahin hatte überhaupt das wissen=
schaftliche Leben in der schweizerischen Kirche noch wenig Pflege
gefunden; jetzt sehen wir auf allen Seiten, in Basel durch den
vereinigten Einfluß des Bischofs und der Universität, in Wien
durch die Bestrebungen Vadians, in Italien durch die politischen
und militärischen Beziehungen mit Rom gleichsam neue Thore
geöffnet, durch welche die neue Macht der Zeit in sie eindringen
und wie der über die Alpen daherwehende Frühlingswind das
erstarrte Geistesleben zu fruchtbarem Aufblühen erwecken konnte.
Zwingli sah es daher als eine durch seine amtliche Stellung so
gut wie durch seine persönliche Neigung ihm gestellte Aufgabe an,
nicht nur sich selbst immer tiefer in diese sich neu erschließende
Welt des Altertums hineinzuleben, sondern auch die Verbreitung
ihrer Kenntnis bei seinen Volksgenossen, besonders der Jugend,
in möglichst weitem Umfang zu befördern. Eine Reihe junger
Glarner, unter denen der spätere große Geschichtsschreiber Ägidius
Tschudi der bekannteste ist, wurden damals von ihm unterrichtet
und zum Besuch einer Universität herangebildet, wo er dann
gleichfalls durch anregende Briefe den Verkehr mit ihnen fortsetzte
und zugleich durch seine freundschaftlichen Beziehungen zu Lehrern
wie Glarean und Vadian sie auch in der Ferne auf dem richtigen
Weg weiterzuleiten suchte, und die Briefe, die er von ihnen

empfing, sind voll von Zeugnissen, mit welchem Vertrauen und
mit welcher Dankbarkeit diese seine Zöglinge ihrerseits auch dort
noch an ihm als ihrem besten und anregendsten Lehrer festhielten.
Auf der anderen Seite stieg auch unter dem jüngeren Klerus sein
Ansehen als Denker und Gelehrter und als wissenschaftlicher
Berater immer höher; schon lange bevor er öffentlich hervortrat,
hatte sich bis zum Rhein hin ein weiter Kreis persönlicher Ver=
bindungen für ihn geknüpft, dessen Genossen für ihre wissenschaft=
liche Ausbildung wie für ihre Glaubenszweifel bei ihm Rat
suchten. Einer derselben bezeichnet ihn einmal einem Freunde
als denjenigen, der zuerst die Wissenschaft in den Ländern der
Eidgenossen eingebürgert habe und gleich sehr durch die Höhe
seiner Gelehrsamkeit wie durch den Adel seiner Sitten hervorrage.
Erasmus spricht die Hoffnung aus, daß er im Verein mit Glarean
der Verbreiter einer edleren Bildung in seinem Vaterlande sein
werde, und Oswald Mykonius, einer der Vertrautesten und Be=
deutendsten dieses Kreises, ruft ihm einmal zu: „Du bist mir für
Dich allein eine ganze Welt", und erzählt auch in seiner Biographie,
wie die Augen der Guten sowohl im Volke wie in der Priester=
schaft schon damals auf Zwingli gerichtet gewesen seien als auf
denjenigen, von dem man hoffen durfte, daß durch ihn dereinst
die Gerechtigkeit der früheren Zeit wieder hergestellt werde.

Noch wichtiger indessen als diese Bemühungen zur Verbrei=
tung einer veredelnden humanistischen Geistesbildung war die
Arbeit, welche Zwingli während dieser Zeit seiner eigenen geistigen
Weiterbildung und der Gewinnung einer in sich zusammenhängenden
Wahrheitserkenntnis zuwandte. Die Scholastik hatte für ihn ihre
Autorität schon lange verloren, und aus den Briefen der Schüler,
die ihm etwa von Paris oder von Löwen her die Leerheit und
Verkehrtheit ihres dortigen Betriebes schildern, klingt die Gering=
schätzung wieder, mit welcher auch der Lehrer die hochgepriesene
Weisheit der Zeit zu betrachten gewöhnt war; aber ein Skeptiker,
wie so viele seiner humanistischen Zeitgenossen, ist dadurch Zwingli
nie geworden, sondern in jenem festen Gottvertrauen, welches
als das unentreißbare Erbgut aus dem Vaterhause die überall
wahrnehmbare Grundlage seines Lebens und Handelns bildete,
ließ er sich diese überlegene Einsicht in die Haltlosigkeit der da=

maligen philosophischen und theologischen Tradition zum Antriebe werden, nur um so ernster auf dem schon von Wyttenbach gewiesenen Wege eines Rückgangs zu den Quellen zu einem selbständigen Erfassen der Wahrheit hindurchzudringen. Noch eifriger als die alten Klassiker studierte er die Bibel; er hat nach Mykonius' Zeugnis eben in Glarus jene umfassende Kenntnis der heiligen Schrift und jene sichere und bis ins Entlegenste gehende Beherrschung ihres Inhaltes sich angeeignet, die beim Lesen seiner späteren Schriften so oft in Erstaunen setzt. Man rühmte ihm schon damals nach, daß er das Alte wie das Neue Testament auswendig wisse. Auch mit den Kirchenvätern verraten diese späteren Schriften trotz der darin sich bekundenden Unabhängigkeit von ihrer Autorität eine ebenso eindringende wie umfassende Vertrautheit. Gerne verschafft er sich auch aus den alten Liturgien, die etwa noch in den Pfarrarchiven vorhanden waren, die Kenntnis von dem, was früher Lehre und Praxis der Kirche gewesen war, und freut sich, wenn ihm diese Zeugnisse der Vergangenheit eine reinere Gestalt als die verderbte Gegenwart entgegenbringen.

Unter den Zeitgenossen, durch deren Einfluß in jener Zeit die geistige Entwicklung Zwinglis besonders bestimmt wurde, werden uns in erster Linie der italienische Philosoph Picus von Mirandula und Erasmus genannt. An die Beschäftigung mit dem Ersteren hatte sich schon in Basel die erste uns bekannte Collision mit der kirchlichen Autorität und der erste Verdacht ketzerischer Gesinnung für ihn geknüpft. Aber wenn auch der kühne Idealismus, die selbständige Auseinandersetzung auch mit den für unantastbar gehaltenen Autoritäten eines Aristoteles und eines Thomas und vor allem das Streben nach einheitlicher Weltbegreifung, wie sie die Schriften des italienischen Grafen an den Tag legen, der Gedankenrichtung Zwinglis viel Verwandtes boten, und Anklänge an diese Schriften unstreitig in denjenigen Zwinglis sich wahrnehmen lassen, so ist die bei jenem hervortretende Vorliebe für astrologische und naturphilosophische Speculationen sowie für das asketisch contemplative Leben der Eigentümlichkeit Zwinglis so entgegengesetzt, und auch das Verwandte zeigt sich bei näherer Betrachtung in so verschiedenen Zusammenhang gestellt, daß auch bei diesem Verhältnis im Grunde weit weniger die Abhängigkeit als die Kraft freier Aneignung und individueller Assimilation des fremden Gedankenstoffes zu Tage tritt. Stärker jedenfalls und von entscheidenderer Wirkung war der Einfluß des Erasmus, in dessen geistige Machtsphäre ja eben damals jeder, der für Wissenschaft und Kirche nach einer Besserung ausschaute, sich eingeschlossen sah. Dem Lesen eines seiner Gedichte schreibt Zwingli selbst gelegentlich einmal das erste Aufleuchten der Erkenntnis zu, daß der Glaube an die Fürbitte der Heiligen mit dem Bekenntnis zu Christo, als der einzigen Quelle des Heils, nicht vereinbar ist, und auch das schon 1502 erschienene Encheiridion militis Christiani enthält über das Verhältnis der wahren Frömmigkeit zu den äußeren Ceremonien, die wahre Bedeutung Christi u. s. w. so vieles, das in Zwinglis reformatorischen Schriften wiederkehrt, daß Erasmus mit einem gewissen Recht beim Lesen derselben einmal in die Worte ausbrechen konnte: „O du guter Zwingli, was sagst du denn, das ich nicht alles auch schon gesagt hätte!" Ein Besuch, den Zwingli im Frühling 1515 während eines Aufenthaltes des großen Humanisten in Basel machte, verschaffte ihm auch dessen persönliche Bekanntschaft und ließ ihn, wie er in seinem Dankbrief für die ihm zu teil gewordene Aufnahme begeistert schreibt, den auch von Angesicht kennen lernen, mit dessen Schriften zu verkehren ihm zum täglichen Bedürfnis geworden war, und an dessen Erhaltung er die Befreiung der Wissenschaft und der Religion aus den Banden der Sophistik und der Barbarei geknüpft sah. Bei jenem Besuch in Basel machte aber Zwingli zugleich die erste Bekanntschaft eines Mannes, dessen Freundschaft, so gering sie auch damals noch gegenüber derjenigen des gefeierten Gelehrten erscheinen mochte, in der Folge doch diese letztere nicht nur überdauern, sondern auch an innerem Gehalt und Wert für Zwingli überragen sollte: es war der aus Luzern gebürtige Schulmann Oswald Mykonius, dessen Lebensweg sich später mit demjenigen Zwinglis so vielfach verschlungen zeigt, und dessen treue Anhänglichkeit und Mitarbeit während seines Wirkens in Zürich vom ersten Antritt seines dortigen Predigtamtes bis zu dem nach seinem Tode ihm gestifteten Ehrenzeugnis so oft sich bewährt hat.

Das Entscheidende für den reformatorischen Beruf Zwinglis

war aber während dieser Vorbereitungszeit in Glarus ohne Frage die übergeordnete Stellung, die er gegenüber diesen menschlichen Lehrern und Autoritäten der heiligen Schrift für die Bildung seiner Überzeugung immer bestimmter einzuräumen anfing. In der Art, wie er sich mit ihr beschäftigte, tritt zugleich unverkennbar ein tieferes als ein bloß theoretisches Interesse zu Tage. Nicht nur machte er sich nach ihrem vollen Umfang mit ihr vertraut und eignete sich zu ihrem Verständnis die damals noch so schwer zu gewinnende Kenntnis des Griechischen an; er suchte auch im Gebet dieses Verständnis als eine Gabe Gottes zu erlangen, und indem er sich bei solchem Studium der Schrift immer deutlicher des Gegensatzes bewußt wurde, in welchem so viele Bestandteile der kirchlichen Lehre und Praxis ihr gegenüber sich befanden, erschloß sich ihm auch durch eigne Erfahrung und eignes persönliches Heilsbedürfnis dasjenige immer lebendiger, was in der Schrift als das wahre Wesen der christlichen Erlösung und als der wahre Inhalt des christlichen Lebens bezeugt ist. Zwingli hat es ja freilich nie geliebt, die Wurzeln seines inneren Lebens bloszulegen; aber man lese in seiner ersten größeren Reformationsschrift, seiner „Auslegung der Schlußsätze", die gedankenreichen Ausführungen über die paulinische Lehre vom Verhältnis zwischen Gesetz und Evangelium und die lebensvolle Schilderung der inneren Umwandlung, welche die Botschaft von der in Christo geoffenbarten Gnade Gottes in dem durch das Gesetz beschwerten und geängsteten Sünder hervorruft, so wird man den bestimmten Eindruck bekommen, wie auch bei Zwingli der Kampf mit der Sünde und die aus ihm hervorgegangene Erkenntnis der Erlösungsbedürftigkeit die Voraussetzung seiner Heilserkenntnis gewesen ist, und wie ihm die Freudigkeit und Gewißheit seiner reformatorischen Überzeugung nirgend anderswoher als aus der eigenen schmerzlichen Demütigung vor Gott und aus der persönlichen Annahme seiner sündenvergebenden und sündenüberwindenden Gnade erwachsen ist. Nur verleugnet auch hier seine Entwicklung den ihr eigentümlichen Charakter der Ruhe und Stätigkeit nicht. Er wartet in der Stille, bis die ihm gewordenen Entdeckungen und Erfahrungen sich zur einheitlichen Erkenntnis für ihn zusammenschließen, sammelt für sich selbst die Zeugnisse der Schrift und der Vergangenheit, welche die kirchliche Gegenwart ihres Abfalls zeihen können, läßt aber diese ihm aufgehende Überzeugung noch unausgesprochen und begnügt sich, wie Mykonius berichtet, „die Gnade Gottes so zu verkündigen, daß er dabei die Mißbräuche der römischen Kirche gar nicht oder nur wenig erwähnte". Er unterzieht sich den priesterlichen Funktionen, während der Glaube an ihre Wirksamkeit an vielen Punkten schon bei ihm erschüttert ist, und über Gebräuche wie das Weihwasser gelegentlich in seiner Correspondenz der unverholenste Spott uns entgegenklingt. Ebenso bewahrt er sich auch mitten im Ernst seiner Arbeit und seiner inneren Kämpfe die alte Heiterkeit und Freiheit des geselligen Lebens, ja er gestattet sich, wenn auch nur in vereinzelten Fällen und in seinem Gewissen darüber gestraft, Übertretungen des ihm auferlegten Keuschheitsgelübdes, für welche der Umstand, daß sie dem Priesterstande jener Zeit fast ausnahmslos anhafteten, noch keine Entschuldigung sein kann, und von welchen wenigstens Luther sich frei zu erhalten vermocht hat. So bietet auch sein Leben wie das so vieler Anderen aus jener Zeit nach allen Seiten hin das Bild eines Überganges, in welchem noch die mittelalterliche und die evangelische Heilserkenntnis und andrerseits der Humanismus und das Christentum in unklarer Mischung nebeneinander stehen, in welchem aber doch ähnlich, wenn auch nicht so bestimmt wie gleichzeitig bei Luther in seiner Lehre von der Rechtfertigung, in der unbedingten Überordnung des Ethischen über das Kultische und der Schrift über die Tradition gewisse Krystallisationspunkte zu einer neuen Lehrgestaltung sich wahrnehmen lassen.

Während aber so Zwingli auf dem Gebiete der kirchlichen Lehre und Ordnung im Bewußtsein der eigenen inneren Unfertigkeit jeden Angriff noch vermied, legte er nach einer andern Seite hin ein Zeugnis des Mutes und der Treue in der Erfüllung seiner priesterlichen Pflichten ab, in welchem vielleicht noch mehr als in jener humanistisch-theologischen Entwicklung die Eigentümlichkeit und der Anfang des ihm auferlegten reformatorischen Berufes erblickt werden darf, und welcher in seinen Folgen auch unmittelbar dazu dienen sollte, ihm zur Erfüllung desselben die weiteren Wege zu bahnen. Es war dies sein Auftreten

21

gegen die fremden Kriegsdienste und Jahrgelder. Er hatte als Pfarrer von Glarus wiederholt die Aufgabe, die Soldtruppen, welche Glarus und die übrigen eidgenössischen Stände dem Papst für seine italienischen Kriege bewilligt hatten, als Feldprediger zu begleiten, und wurde dabei Zeuge der Verwilderung, welche dieser Kriegsdienst für die dabei Beteiligten sowohl wie für das ganze Volksleben der Eidgenossenschaft mit sich brachte. Ebenso sah er auch in Glarus selbst, wie die Gesandten der fremden Mächte, besonders Frankreichs, sich bemühten, die einflußreichen Geschlechter auf dem Wege der Bestechung, durch Zusicherung von sog. Pensionen oder Jahrgeldern, zur Gewährung von weiteren derartigen Werbungen zu bewegen, und wie durch den Bezug solcher Jahrgelder Käuflichkeit der Gesinnung, Müßiggang und Laster aller Art überhandnahmen, die alte Sittenreinheit, die Eintracht und die Kraft der Eidgenossenschaft Schaden litten, und das Volk von seinen Führern auf die schnödeste Weise ins Ausland verkauft und im Dienste fremder Eroberungssucht auf die Schlachtbank geliefert wurde. In einem ganz besonderen Sinne traf ihn das Wort, daß Gott von dem Hirten das Blut der ihm anvertrauten Schafe fordern werde, und er sah sich durch seine Hirtenpflicht gleich kräftig wie durch seine Vaterlandsliebe zum Kampf gegen das eingerissene Unwesen aufgefordert. Ohne Rücksicht auf die Feindschaft, die er sich durch solches Auftreten zuziehen mußte, sprach er seine offene Mißbilligung dieser Verhältnisse aus und suchte ihnen soviel als möglich entgegenzuwirken, wie denn auch seine erste literarische Kundgebung und überhaupt die einzige schriftstellerische Arbeit vor seinem eigentlich reformatorischen Auftreten die Veröffentlichung von zwei deutschen Gedichten war, in denen mit den Mitteln einer noch ziemlich unbeholfenen Allegoristik die Gefahr dieser Preisgebung an das Ausland für das sittliche und nationale Leben geschildert, und die Rückkehr zur alten Einigkeit und Unabhängigkeit dem Vaterland ans Herz gelegt wird.

Der Unwille, den dieses Auftreten des Pfarrers erregte, war indessen so mächtig, daß er seine Stellung in Glarus für unhaltbar erkannte und sich genötigt sah, 1516 sein dortiges Amt für einige Zeit einem Andern zu übergeben und in Einsiedeln eine Stelle als Leutpriester anzunehmen. Doch sah die Gemeinde diesen Tausch nur als einen provisorischen an und behielt sich vor, daß Zwingli nach Beilegung der Mißhelligkeiten seine frühere Thätigkeit wieder aufnehmen sollte. Die Wahl nach Zürich machte dieses Abkommen zu nichte; statt zu seiner ersten Gemeinde zurückzukehren, trat er am 1. Januar 1519 das Amt eines Leutpriesters am Großmünster in Zürich an, aber auch diese Wahl hing neben den sonstigen Vorzügen Zwinglis als Prediger und als Gelehrter mit seiner Bekämpfung der Pensionen aufs engste zusammen. Sie wurde durch das Chorherrenstift des Großmünsters vollzogen und als ein Sieg ebenso sehr der patriotischen Partei gegen die Freunde der Franzosen wie der freieren wissenschaftlichen Richtung gegenüber den Anhängern des Alten dargestellt. So mußte gerade sein Kampf gegen die fremden Kriegsdienste, indem er ihn von Glarus ablöste, ihn den Orten zuführen, an denen sowohl seine Erkenntnis des kirchlichen Verderbens als auch das Bewußtsein seines reformatorischen Berufes sich zu voller Klarheit entwickeln konnte.

Vor allem wird die im Kloster zu Einsiedeln verlebte Zeit als diejenige betrachtet werden müssen, in welcher wenigstens die persönliche Entscheidung sich für Zwingli vollzogen und die Grundzüge sowohl seiner Heilslehre wie seiner auf die Neugestaltung der Kirche gerichteten Ideen ihre feste Gestalt erhalten haben. Aus dieser Zeit in Einsiedeln stammt seine bekannte, mit so großer Sorgfalt gefertigte Abschrift der paulinischen Briefe, die noch in Zürich aufbewahrt wird und die mit ihren zahlreichen Randbemerkungen teils aus Origenes und Ambrosius, teils von Zwingli selbst das anschaulichste Denkmal ist sowohl für den Eifer, mit welchem er auch hier das in Glarus begonnene Schriftstudium fortsetzte, als auch für die Bedeutung, welche die paulinische Lehre von der Rechtfertigung durch den Glauben für seine theologische Erkenntnis bereits gewonnen hatte. Reiche Nahrung für seine weiteren Studien fand er sodann in der Klosterbibliothek, deren Vervollständigung durch die neuen damals so rasch sich folgenden Druckwerke ihm oblag. Unter den Schriften, die er sich in einem seiner Briefe von einem Freund aus Basel für dieselbe besorgen läßt, finden sich neben Werken des Aristoteles und Ovid auch Tertullian, Lactanz, Augustinus, sowie die Epistolae

Obscurorum Virorum und die Paraphrasen des Erasmus. Dazu kamen endlich die seltsamen Widersprüche, die in dem Geist und den Zuständen des Klosters Einsiedeln damals sich fühlbar machten: auf der einen Seite der blindeste Aberglaube und Ceremoniendienst, wie er an der weitberühmten Wallfahrtsstätte im Schwange war, und auf der andern, bei den Vorstehern, die vollständige Entfremdung nicht nur von den geistlichen Obliegenheiten, sondern auch von den dogmatischen Grundlagen ihres Amtes. Der Abt des Klosters erklärte offen, auf den Mönchsstand und alle Superstition nicht viel zu halten, und als der Visitator ihn einmal zur Rede stellte, daß er im Messelesen so lässig sei, gab er ihm zur Antwort: „Sollte es wahr sein, daß unser Herr Jesus wahrhaftig in der Hostie ist, so bin ich armer Mönch nicht wert, ihn dem ewigen Gottvater zu opfern, ist er aber nicht darin, dann wehe mir, wenn ich dem armen Volke Brot für seinen Herrgott aufheben und zur Anbetung vorhalten sollte". Das Kloster Einsiedeln war unter ihm geradezu der Sammelpunkt der humanistischen Aufklärung in der Schweiz: Zwingli selbst hörte man im Kreise solcher Freunde wohl aussprechen, daß die Zeit kommen werde, wo bei den Christen weder Hieronymus noch ein anderer mehr viel gelten werde, sondern allein die heilige Schrift, oder daß das Papsttum als eine mit dem Wesen der Kirche unvereinbare Einrichtung bald fallen müsse.

In Zürich gesellte sich dann zu dieser inneren Vorbereitung kurze Zeit nach seiner Ankunft der Eindruck des immer mächtiger werdenden Kampfes, welchen der Mönch in Wittenberg mit dem Papsttum eröffnet hatte. Wohl durfte sich Zwingli das Zeugnis geben, die von diesem gelehrte Wahrheit in ihren Hauptpunkten nicht nur selbständig aus der Schrift gefunden, sondern auch bereits öffentlich auf der Kanzel verkündigt zu haben. Er konnte bei der ersten reformatorischen Disputation erklären: „Ich habe das Evangelium Christi im Jahre 1516 zu predigen angefangen, ehe in unserer Gegend noch irgend ein Mensch von Luthers Namen gewußt hatte?", und gerade die Frage über den Ablaß, die bis zum Jahre 1519 den Hauptinhalt jenes Kampfes bildete, war von Zwingli schon längst in dem von Luther verfochtenen Sinn beantwortet. Als im Jahre 1520 Luthers Auslegung des Vater

Unser durch einen in Basel veranstalteten Nachdruck in Zürich bekannt wurde, da meinten viele, die früher die Predigten Zwinglis darüber gehört hatten, die Schrift müsse von diesem herrühren, da sie so ganz die gleichen Gedanken darin wiederfanden. Aber eben diese Übereinstimmung mußte ja auch andrerseits Zwingli um so fester in der Gewißheit bestärken, in seinem Forschen nach der Wahrheit dem rechten Wegweiser gefolgt zu sein, und sie mußte ihn um so mehr auch an den Mann innerlich sich anschließen lassen, in dessen geistesgewaltigen Schriften dem von ihm verkündigten Wort eine so unverkennbare Bestätigung und ein so mächtiger Bundesgenosse an die Seite gestellt war.

Aeußerlich vermied er es, mit Luther in Verkehr zu treten, wenn er sich auch darüber freute, daß sein Freund Vadian ihn dem letzteren als Mitarbeiter genannt hatte. Dafür ließ er sich von seinen Freunden, besonders von Beatus Rhenanus und von seinem mit Wittenberg in Verbindung stehenden Oheim, dem Abt von St. Johann, über Luthers Thätigkeit und Erfolge berichten; was in Basel von ihm gedruckt wurde, mußte ihm sofort von den dortigen Freunden zugeschickt werden, und er ließ hunderte von Exemplaren gleich bei ihrem Erscheinen zur weiteren Verbreitung nach Zürich kommen. Man sieht in seiner Correspondenz, namentlich mit Mykonius, mit welch gespannter Aufmerksamkeit er den Fortgang des großen Entscheidungskampfes verfolgt, und wie die bisherige um Reuchlin und Erasmus gebildete Parteigruppirung auch in der Schweiz während der Jahre 1519 und 1520 in den Gegensatz von Gegnern und Anhängern Luthers sich umgestaltet. „Man darf jetzt, so heißt es in einem Brief vom Juni 1520, in keine anderen Streitigkeiten sich einlassen, als in die um die evangelische Wahrheit. Für sie müssen wir kämpfen, so lange unser Blut noch warm ist und kräftig genug, um den Brand zu entzünden". Luther selbst nennt er dem Zasius gegenüber einen Elias und bekennt sich bei jeder Gelegenheit, nach der Disputation mit Eck wie nach dem Erscheinen der Bannbulle, zu seiner Sache; als die letztere verbreitet wurde, und Mykonius ihm seine Befürchtung über eine hereinbrechende Verfolgung aussprach, tröstete er den Freund mit den schönen Worten: „Wer den Willen Gottes thut, braucht von den Menschen nichts zu fürchten. Das

Feuer, welches Christus auf Erden angezündet hat, was ist es anders als die Standhaftigkeit in der Trübsal, die uns auch die Eltern, wenn sie uns zur Untreue verlocken wollen, hassen, ja was mehr ist, den Bruder, der uns dem Tode überliefert, lieben lehrt? Ist es nicht dieses Feuer, welches die Werke eines jeden offenbar macht, ob er für die Ehre der Welt oder für die Ehre Christi in den Kampf gegangen ist? Kämpft er für jene, so wird er dem Stroh gleichen, welches in Rauch aufgeht, sobald das Feuer ihm nahekommt; wenn er aber für diesen kämpft, so wird er sein Haus auf den Felsen bauen, der Christus ist und der auch im Feuer nicht untergeht. So werden alle, die auf diesen Felsen gebaut sind und für seine Ehre kämpfen, ewig unverletzt bleiben, weil weder Tod noch Leben noch Schwert sie von der Liebe Christi zu trennen vermag. Ich glaube, daß die Kirche, wie sie durch Blut gestiftet worden ist, so auch jetzt nur durch Blut kann erneuert werden. Denn nie wird die Welt mit Christo eins werden, und der Lohn Christi ist uns nur mit Verfolgung verheißen. Aber nie wird es unserer Zeit an Leuten fehlen, welche um Christum zu predigen ihr Leben gerne aufs Spiel setzen, auch wenn ihre Namen bei den Menschen noch so sehr in Verruf kommen".

Um so befremdlicher ist es dem gegenüber allerdings, wie wenig Zwingli trotzdem noch während dieser ganzen Zeit aus seiner zuwartenden Stellung herausgetreten ist. Er bezeichnet wiederholt den Beginn seiner Wirksamkeit in Einsiedeln als den Zeitpunkt, wo er angefangen habe, das Evangelium zu predigen, und auch Zuhörer, wie der spätere Straßburger Reformator Hedio, bezeugen den tiefen Eindruck, den seine ernsten, eindringlichen und evangelisch einfachen Predigtworte schon in Einsiedeln auf sie machten. Aber wir finden in den beglaubigten Quellen nirgends eine Spur, daß diese Bezeugung der evangelischen Wahrheit mit einem Zeugnis gegen die kirchlichen Mißbräuche verbunden war, wie ihm ein solches ja gerade dort auf dem Schauplatz eines reich ausgebildeten Ceremoniendienstes so nahe gelegen hätte. Statt einer Lossagung vom Papste brachte ihm der Aufenthalt in Einsiedeln vielmehr eine noch enger fesselnde Annäherung an denselben, indem er mit seinen öfters dort verkehrenden Bevollmächtigten in vertraulichem Verkehr stand und noch am 29. August 1518 durch ihre Verwendung, aber auf seine Bitte hin die Würde eines päpstlichen Hofkaplans empfing, wobei das Ernennungsschreiben die ehrenvollsten Ausdrücke für ihn enthielt und ohne den leisesten Ton eines Vorwurfes die Aussicht auf weitere Gnade und Ehre des Papstes für ihn eröffnete. In Zürich legte er dann allerdings gleich bei der Übernahme seines Amtes den versammelten Chorherren zu ihrer Überraschung die Erklärung vor, daß er statt der bisher üblichen an die Perikopen sich haltenden Predigten die zusammenhängende Auslegung des Evangeliums Matthäi „nicht nach menschlichem Gutdünken, sondern zur Ehre Gottes und Jesu Christi" sich vorgenommen habe, und begann auch gleich am ersten Sonntag mit der Ausführung dieses Entschlusses. Zugleich wird mit dieser veränderten Form auch der Inhalt entschiedener und schärfer; Myfonius, sein damaliger Zuhörer, bezeugt, daß sein Zeugnis gegen die Laster alles sonst Vernommene übertroffen habe; aber wenn er hinzufügt, daß sein Strafwort vor allem gegen die Empfänger von Jahrgeldern, die Bedrücker der Armen, die dem Luxus Fröhnenden und die Müßiggänger sich richtete, so zeigt dies wieder, wie auch jetzt noch das Ziel seiner Polemik nicht die kirchlichen und dogmatischen Verirrungen, sondern die Schäden des sittlichen und nationalen Lebens bildeten, und wie er an den ersteren noch möglichst schonend vorüberzugehen suchte. Ebenso ließ er sich auch durch die den Freunden bezeugte Teilnahme und Zustimmung für Luther noch in keiner Weise in die offene Bundesgenossenschaft an dessen Kampf hineinziehen. Er verzichtete zwar troß der Dürftigkeit seines sonstigen Einkommens im Jahre 1520 auf die päpstliche Pension, weil ihm das dadurch verursachte Abhängigkeitsverhältnis unerträglich wurde; aber es bleibt trotzdem befremdend, ihn noch immer mit den Würdenträgern der Kirche wenigstens äußerlich im besten Einvernehmen stehen zu sehen, während gleichzeitig Luther durch sein offenes und heldenmütiges Bekenntnis den Verdammungsspruch der Kirche und die Ächtung des Reiches herausforderte.

Es läßt sich ja gewiß Verschiedenes zur Erklärung einer solcher Zurückhaltung anführen. Einmal kommt in Betracht, daß für Zwingli das Kennzeichen evangelischer Predigt überhaupt nicht blos in der Verkündigung der in Christo gestifteten allgenugsamen Versöhnung und der darauf gegründeten christlichen Freiheit, sondern ebenso sehr in der Darlegung und Einschärfung des durch Christum gegebenen wahren Gesetzes bestand. Weil er in diesem Sinne, wenn auch noch ohne direkte Polemik, von seinem Aufenthalt in Einsiedeln an, Sonntag für Sonntag die Schrift auslegte und das, was er so oft als die Hauptsache im Christentum hingestellt hat, das Vertrauen auf Gottes Barmherzigkeit und die Bildung des Lebens nach Christi Vorbild, auch seiner Gemeinde mit immer größerem Ernst als das allein Entscheidende ans Herz legte, konnte er mit einem gewissen Recht trotz seiner Zurückhaltung jene ganze Zeit als den Beginn seiner evangelischen Predigt bezeichnen. Sodann war es sein Grundsatz, wie derselbe zum Beispiel in dem Kommentar über die wahre und die falsche Frömmigkeit ausgesprochen ist, daß die Predigt zuerst das zum Heile Notwendige treu und klar darzulegen und die rechte Erkenntnis von Gott, dem Menschen und dem Evangelium zu verbreiten, dagegen mit dem Übrigen bis zur geeigneten Zeit zu warten habe, wie man einen Greisen leichter überreden könne von seinem Sitze aufzustehen, wenn man ihm vorher einen Stab in die Hand gegeben habe, auf welchen er sich stützen könnte. Er richtet auch an seinen Freund in Bern, Berthold Haller, in einem 1521 geschriebenen Briefe die Mahnung, er solle die noch zarten Ohren seiner Zuhörer zunächst vorsichtig behandeln und den Bären anfangs durch Schmeicheln und Nachgiebigkeit zu gewinnen suchen, bis Geduld und standhafter Mut ihn würde zahm gemacht haben, und er schreibt in Bezug auf sein eigenes Verhalten am 31. Dezember 1519 an Mykonius: „Zu Zürich sind bereits mehr als zweitausend vernünftige Leute, welche geistliche Milch empfangen und bald die festere Speise, nach der sie hungern, ertragen werden". Endlich darf man auch an die damals noch so unsichere Lage der Kirche und an die noch immer vorhandene Möglichkeit denken, daß ein Teil ihrer Würdenträger selbst den an sie ergehenden ernsten Gewissensmahnungen Gehör geben, oder daß auch die eidgenössischen Stände zu einem gemeinsamen Vorgehen im reformatorischen Sinne die Hand bieten würden. Es darf nicht

übersehen werden, daß Zwingli, während er nach außen hin sich
des Angriffs gegen die bestehenden kirchlichen Ordnungen enthielt,
seinem Bischof sowohl wie dem Vertreter des Papstes in Zürich
eine Überzeugung von ihrer Unhaltbarkeit offen ausgesprochen
und bestimmte Vorschläge zur Besserung gemacht hat, und daß
es an beiden Orten an der Einsicht und Anerkennung der Notwendigkeit einer solchen Besserung durchaus nicht fehlte. Selbst
ein Kardinal Schinner erklärte sich einverstanden, wenn Zwingli
ihm aus der heiligen Schrift die Irrtümer und Mißbräuche der
römischen Kirche aufdecken würde, und sprach seine Bereitwilligkeit
aus, dem Übermut und der Falschheit des römischen Bischofs nach
Kräften steuern zu helfen. Ebenso rechnete sich der vielvermögende Generalvikar von Konstanz, Johann Faber, noch bis zum
Jahre 1522 zu Zwinglis Freunden: er hatte ihn, als auch in
der Schweiz durch den Mönch Samson der päpstliche Ablaß feil
geboten wurde, selbst zur Bekämpfung desselben aufgefordert und
die Zurückweisung des Ablaßhändlers durchsetzen helfen; er rühmte
es den Freunden gegenüber, wie in Zürich ein durch Gelehrsamkeit ausgezeichneter Prediger wirke, und suchte sie mit ihm in Verbindung zu bringen. Auch im Domkapitel zu Constanz hatte die
erasmische Richtung noch entschieden die Oberhand, so daß eine
schließliche Entscheidung im reformatorischen Sinne noch nicht als
unmöglich erscheinen, und Zwingli gar wohl auch durch solche Hoffnungen in seiner zuwartenden Haltung sich bestärken lassen konnte.

Trotzdem läßt sich aber auch die eigene innere Unfertigkeit in
dieser Haltung nicht verkennen, wie er denn auch später wiederholt selbst seine damalige Zurückhaltung als einen Mangel an
Bekenntnistreue sich vorgeworfen hat. Er gehörte selbst noch zu
sehr jener erasmischen Richtung an, um im eigentlichen Sinne
als Reformator auftreten zu können, und wir werden nicht irre
gehen, wenn wir annehmen, daß bei aller Selbständigkeit in der
Bildung seiner evangelischen Ueberzeugung doch die Kraft zum
reformatorischen Handeln auch ihm erst aus derjenigen Vertiefung
seiner Heilserkenntnis und aus derjenigen Schärfung seines Pflichtgefühls heraus entwachsen ist, welche er der näheren Beschäftigung
mit Luthers Lehre und den Eindrücken des von diesem bewiesenen
Glaubensmutes zu verdanken hatte.

Am störendsten tritt für uns jenes Zurückbleiben der That hinter der Erkenntnis in den Blößen hervor, welche dem sittlichen Wandel Zwinglis wenigstens in Einsiedeln noch immer anhafteten. Gerade aus der letzten Zeit seines dortigen Aufenthaltes liegt ein Brief vor, worin er sich gegen Gerüchte rechtfertigen muß, die in dieser Beziehung bei Gelegenheit seiner bevorstehenden Wahl nach Zürich über ihn verbreitet worden waren. Das darin abgelegte Geständnis von seinem nicht immer erfolgreichen Kampf mit der sinnlichen Lust und noch mehr der scherzhafte Ton, in welchem er im Gegensatz zu dem in dieser Selbstanklage sonst vorherrschenden schmerzhaften Ernst die gegen ihn erhobenen Vorwürfe auf ihr richtiges Maß zurückführt, haben natürlich seinen Gegnern von jeher willkommenen Anlaß geboten, sein sittliches Leben überhaupt zu verdächtigen oder wohl gar seinen ganzen Kampf für die Erneuerung der Kirche aus dem Bestreben abzuleiten, sich des lästigen Cölibatszwanges zu entledigen. In Wahrheit aber ist dieser Brief gerade um seiner Ehrlichkeit und Unbefangenheit willen eine der offensten Darlegungen sowohl der Befleckung und Gewissensnot, als auch andererseits der moralischen Verflachung und Gewissensabstumpfung, welche dieser Zwang über den Priesterstand gebracht hat, und eines der deutlichsten Zeugnisse, aus welcher Korruption nicht blos des Dogmas sondern auch des sittlichen Lebens die christliche Kirche durch die Reformation emporgehoben worden ist. Er ist das Selbstbekenntnis eines Mannes, der sich das Zeugnis geben darf mehr als die meisten seiner Genossen der Versuchung Widerstand geleistet und sowohl durch ernstliche geistige Arbeit als auch durch Gebet und fromme Vorsätze immer aufs neue um ihre Unterdrückung sich bemüht zu haben, und der gerade damals von seinen vertrauten Bekannten als ein Mann gerühmt wird, „der ebenso sehr durch seinen ehrbaren Lebenswandel wie durch seine Gelehrsamkeit sich auszeichne". Er legt dieses Bekenntnis ab zu Handen einer geistlichen Behörde, die eben darüber schlüssig werden soll, ob sie ihm die erste und wichtigste Predigerstelle in der Stadt übertragen wolle, und mit der ausdrücklichen Bitte von ihm abzusehen, wenn sie glauben sollte, daß die darin eingestandenen Flecken in seiner Vergangenheit seinem Beruf als Prediger Christi und des Evangeliums Eintrag thun würden. Trotzdem wird er gewählt; man nimmt es als hinreichende Entschuldigung an und betrachtet den Anstoß als hinweggenommen, nachdem er bewiesen hat, daß er sich nur mit einer schlechten Dirne und nicht mit einer ehrbaren Jungfrau vergangen habe; er hat bei diesem Sachverhalt offenbar nur gethan, was für seine Vorgesetzten in Zürich wie in Einsiedeln schon lange als beinahe unvermeidliches und kaum mehr beachtetes Vorkommnis galt.

Der Flecken in Zwinglis Vergangenheit wird mit dieser laxen Beurteilung durch seine nächsten Vorgesetzten und Genossen nicht hinweggewischt: aber ebensowenig läßt sich verkennen, auf welcher Seite in der Folge die tiefere Reue und die wahre Entrüstung über diese Zustände sich wahrnehmen läßt, ob bei denen, die sie festhalten wollten, oder bei Zwingli, der, mit mutvoller Offenheit seinen eigenen Anteil an der auf dem Klerus lastenden Verschuldung bekennend, ihn zur Heilung dieser Gebrechen wieder zu der von Gott gestifteten und durch die Schrift gewiesenen Ordnung zurückgeführt hat. Gerade solche Thatsachen zeigen ja am deutlichsten, wie es erst der aus der neuen Vertiefung in die Schrift hervorgegangene Gewissensernst der Reformation war, der auch nach dieser Seite hin der Werkheiligkeit und ihrer oberflächlichen Gewissensberuhigung ein Ende gemacht und für den Klerus wie für die Laien die Reinheit des christlichen Lebensideals wieder hergestellt hat. Daß übrigens die ernsten Vorsätze, mit denen Zwingli jenem Briefe zufolge sein neues Amt in Zürich antrat, hier in der That, gestärkt durch das Bewußtsein höherer Verantwortlichkeit, nicht mehr von ihm gebrochen worden sind, beweist u. A. das Zeugnis, welches er sich gegenüber seinem vertrautesten Freunde und Hausgenossen Mykonius am Schluß des ersten Jahres in einem Briefe geben durfte, daß auch die Gegner an seinem Leben und Wandel nichts aussetzen könnten, und ebenso auch später die Abwesenheit aller bestimmten Anklagen in dieser Beziehung, die bei der immer höher gehenden Feindschaft gegen Zwingli nicht würden gefehlt haben. Mit gutem Gewissen konnte er während der ersten Hälfte des Jahres 1522 mit einer angesehenen und ehrbaren Witwe, Anna Reinhard, eine eheliche Verbindung eingehen, die er allerdings mit Rücksicht auf seine amtliche Stel-

lung noch etwa zwei Jahre lang geheim hielt, wie er selbst in
einer spätern Schrift erzählt, daß einzelne Geistliche zu Vermeidung
des Anstoßes und zur Bewahrung vor weiteren Fehltritten heim=
lich in die Ehe getreten seien und dieselbe so lange verheimlicht
hätten, bis die Lehre über die Rechtmäßigkeit der Priesterehe ohne
Nachteil vorgetragen werden konnte. Aber die vertrauten Freunde
haben doch von derselben gewußt und das Verhältnis von vorn
herein als förmliche Heirat anerkannt, und ihr Abschluß war von
Seiten Zwinglis mit einer dringenden Zuschrift an den Bischof
und an die Eidgenossen begleitet, worin er mit zehn anderen ihm
befreundeten Priestern die dem Klerus auferlegte Gewissensnot
schilderte und unter dem Nachweis der Schriftwidrigkeit des Cöli=
batszwanges das Verlangen nach Aufhebung desselben aussprach.

Ein schönes Denkmal aus dieser Zeit des allmählichen Aus=
reifens in Erkenntnis und Wandel ist das Lied, das er während
einer schweren Pestkrankheit im Jahre 1519 gedichtet hat. Er
befand sich gerade zu seiner Erholung in Pfäfers, als er die
Kunde von dem Ausbruch der Seuche in Zürich erhielt, und be=
gab sich sofort dahin zurück, um das ihm obliegende Amt an den
Kranken auszuüben. Nach wenigen Wochen wurde er indes
selbst von der Krankheit befallen und schwebte eine Zeit lang in
der ernstesten Lebensgefahr. Aus dieser Zeit stammt das erwähnte
Gedicht, ebenso einfach und wahrhaft im Inhalt wie kunstvoll
in seinem Bau und seiner rhythmischen Gliederung, ein ergrei=
fender Ausdruck des ihn beseelenden Gottvertrauens und Gehor=
sams, aber nicht minder auch seines festen Entschlusses, nach er=
langter Genesung das wiedergeschenkte Leben noch treuer und
mutiger dem Dienste Gottes und der Verkündigung seiner Wahr=
heit zu weihen. Die letzte Strophe, "In der Besserung" betitelt,
beginnt mit den Worten:

    Gesund, Herr Gott, gesund!
    Ich mein, ich kehr
    Schon wiedrum her.
    Ja, wenn dich dünkt,
    Der Sünden Funk
    Werd nicht mehr beherrschen mich auf Erd,
    So muß mein Mund
    Dein Lob und Lehr

Ausſprechen mehr
Denn vormals je,
Wie es auch geh,
Einfältiglich ohn alle Gfährd.

Ebenſo läßt ſich, wie ſchon früher bemerkt wurde, in der Schilderung der Wirkungen des Geſetzes, wie ſie in der 1523 geſchriebenen „Auslegung der Schlußſätze" enthalten iſt, die Grundlage perſönlicher Erfahrung nicht verkennen, auf der ſich auch ihm die Erkenntnis der im Evangelium gegebenen Gerechtigkeit und Freiheit erſchloſſen hat. In erſchütternder Einfachheit wird an einem Gebot nach dem andern der heilige Ernſt des göttlichen Willens und die Unfähigkeit der Menſchen ihm Genüge zu thun ins Licht geſtellt, und dann der Troſt des Evangeliums dieſem Zuſtand entgegengehalten: „Sieh, wenn in ſolcher Angſt und Not uns die Barmherzigkeit Gottes begnadigte, alſo daß uns das Geſetz nicht beſchwerte, ſondern freute, und das, was wir nicht erfüllen können, durch einen Andern gebeſſert und erſetzt würde, wäre das nicht eine überaus treffliche Freundſchaft? wäre es nicht die beſte Botſchaft, deren wir je inne geworden ſind? wäre es nicht die gewiſſeſte Verſicherung des Heils, wenn es von Gott alſo geſchähe? Siehe jetzt um dich und recke das Haupt auf und ſieh, wo das heilige Evangelium her ſcheint, welches die Beſchwerniſſe alle hinwegnimmt, und heißt darum Evangelium, das iſt eine gute, wohlgethane ſichere Botſchaft". „O barmherziger, gerechter, troſtreicher Gott, wie haſt du uns verworfene Diebe und Schälke, die ſich vor dir verbergen und ihre eigenen Wege gehen und deinem Reiche zuwider handeln wollten, ſo mildiglich begnadet! In wie ſichere Hoffnung haſt du uns auf gerichtet! Zu welch großen Ehren haſt du uns in deinem Sohn gebracht! Die ganze Welt hat fröhlichere Botſchaft nicht vernommen und wird nie mehr eine beſſere vernehmen; denn durch ſie werden uns alle Dinge leicht ausführbar und was vorher erſchreckt und verdammt hat, iſt jetzt heilſam. Wenn ich nun feſtiglich glaube, ja weiß, daß mir ſo großes Heil in Chriſto Jeſu behalten iſt, ſo drückt mich das Gebot nicht mehr: du ſollſt Gott lieb haben aus allen Kräften, Herz, Seele und Gemüt, wenn ich ſchon weiß, daß ich es nicht erfülle; denn meine Mängel und Sünden erſetzt Chriſtus; das Gebot richtet mich auf zu einer heiligen Bewunderung der göttlichen Güte, und ich ſpreche in mir ſelber: Siehe, ſo hochwert und ſo gut iſt Gott, das höchſte Gut, daß alle unſere Begierden nach ihm ſich ſehnen ſollen, und das allein uns zugute. Dabei tröſtet immer nebenher die gute Botſchaft: Was du nicht vermagſt, wie du ja wahrlich nichts vermagſt, das thut Alles Chriſtus; er iſt es Alles, er iſt Anfang und Ende in allen Dingen." -- Und wie lebendig wird in der Schrift „Von der Klarheit des Wortes Gottes" die Darſtellung, wo Zwingli zeigt, wie dem durch die Mannigfaltigkeit der kirchlichen Heilswege in Ungewißheit und Verzweiflung gebrachten Menſchen Chriſtus in ſeinem Worte wie mit offenen Armen entgegenkommt und ihn mit ſeiner Einladung tröſtet: Kommet zu mir Alle, die ihr mühſelig und beladen ſeid; ich will euch Ruhe geben. „O der fröhlichen Botſchaft", fährt Zwingli fort, „denn ſie bringt mit ſich ein Licht, daß wir das Wort als Wahrheit erkennen und glauben; denn der es geredet hat, iſt ein Licht der Welt, der Weg, die Wahrheit und das Leben." Man ſpürt es ſolchen Worten ab, wie auch bei Zwingli die Entſchiedenheit und der durchgreifende Ernſt, womit er ſpäter als Reformator das Evangelium der kirchlichen Autorität als einzige Richtſchnur gegenüberſtellte, nur darauf zurückgeführt werden können, daß er in ihm für ſein eigenes Bedürfnis nach Verſöhnung und Frieden mit Gott den rettenden Grund und Haltpunkt gefunden hatte.

Es iſt, wenn wir die bis jetzt geſchilderte Entwicklung noch einmal überblicken, im ganzen ein heiterer und in ſeltener Ruhe und Stätigkeit dahinfließender Lebensgang, durch welchen Zwingli ſeiner geſchichtlichen Aufgabe entgegengeführt worden iſt. In einer faſt ſelbſtverſtändlichen Abſtufung folgen ſich die Einwirkungen des Humanismus, die Eindrücke des Pfarramts, die Anregungen eines Picus von Mirandula, Erasmus und Luther, ohne daß doch jeweilen das Neue gegenüber dem Alten als ein vollkommen Fremdes empfunden worden wäre, und das Alte von dem Neuen als wertloſe und verwerfliche Vergangenheit hätte verdrängt werden müſſen. Überzeugungen, welche andere erſt in ſchwerem Kampf mit früheren

Entwicklungsstufen sich erringen mußten, sind für ihn schon mit den Eindrücken seiner ersten Jugend verflochten gewesen oder haben doch wenigstens dort die Haltpunkte gefunden, an welchen sie sich zwanglos und harmonisch einfügen konnten. Wo er hinkam, als Schüler in Bern, als Student in Wien und in Basel, wie als Pfarrer in Glarus, in Einsiedeln und in Zürich, überall sah er sich von geistesverwandten Freunden umgeben, die mitteilend oder empfangend an den Fortschritten seiner Entwicklung teilnahmen und für die Wahrheit der ihm aufgegangenen Erkenntnis auch ihrerseits einstanden. Es ist ein Lebensgang und eine geistige Veranlagung, durch welche vielleicht weniger die Kluft zwischen der dem Menschen gestellten Aufgabe und dem in ihm wohnenden Vermögen zu ihrer Erfüllung zum Bewußtsein gebracht, aber um so mehr das ruhige Vertrauen auf die das Leben durchwaltende und mit sicherer Hand zur Wahrheit und zum Frieden leitende Allmacht und Güte Gottes geweckt und befestigt werden mußte.

Immerhin aber lassen sich doch auch schon in dieser Jugendentwicklung bereits jener tiefe Ernst ethischer Lebensauffassung und jenes feste Beharren bei den durch sie vorgesteckten Zielen und Aufgaben wahrnehmen, welche dem darauffolgenden Reformationswerk ebenso sehr zur Grundlage gedient, wie den ihm eigentümlichen Charakter konsequenter Durchführung und ethisch erneuernder Umgestaltung verliehen haben. In erster Linie treten sie uns in der Auffassung von den Pflichten und der Bedeutung des übernommenen Amtes entgegen und zeigen den tiefen Gegensatz, der schon diese frühere Entwicklungsstufe des Reformators von den ihm verwandten Richtungen unterscheidet. Ein begeisterter Humanist, dem es auch in seinem späteren Leben und in seinen bewegtesten Arbeitszeiten Bedürfnis geblieben ist, immer wieder zu der Beschäftigung mit den Schriftstellern des Altertums zurückzukehren, zeigt er sich doch von Anfang an noch mehr als von dieser Freude am Studium von dem Gefühl der Verantwortlichkeit erfüllt, welche das von ihm übernommene Pfarramt auf seine Seele gelegt hat. Während die Bildung der Zeit, die er in so umfassender Weise in sich aufgenommen, fast durchweg mit Spott und Geringschätzung auf den priesterlichen Stand herabschaute, und andrerseits seine humanistischen Freunde durch ihre öffentliche Thätigkeit als Lehrer und Schriftsteller von Ehre zu Ehre emporstiegen, läßt er es seinen Ehrgeiz und sein ausschließliches Arbeitsziel sein, den Aufgaben dieses Pfarramtes so treu und so vollkommen als möglich nachzukommen. Auch seine humanistischen Beschäftigungen sind ihm nicht Selbstzweck, sondern Mittel, die diesem praktischen Interesse dienen sollten. Er konzentriert bis ins reife Mannesalter hinein seine ganze Kraft in dem Bestreben, durch das Studium der Alten und vor allem der heiligen Schrift diejenige geistige Ausrüstung sich zu erwerben, die ihn zum lautern und kräftigen Zeugen der göttlichen Wahrheit machen würde. Aber eben diese Verbindung der humanistischen Aufklärung mit dem priesterlichen Pflichtgefühl macht nun jene auch für Zwingli zu einer Waffe, die den Feind nicht blos, wie bei Erasmus, zu streifen und zu reizen, sondern wirklich zu treffen und zu überwinden vermochte. Der Spott, mit welchem dieser in der entarteten Kirche umherblickte, wird zum sittlichen Ingrimm und zum festen Entschluß ihr zu helfen: auch bei Zwingli wie bei Luther nimmt die Reformation ihren Ausgangspunkt nicht in einem Widerspruch des Denkens und der Bildung, sondern in dem berufstreuen Zeugnis eines für die ihm anvertrauten Seelen einstehenden Priesters und Seelsorgers, wie es das von Gott ihm übertragene Amt ihm abzulegen gebietet.

Nicht weniger stark hervortretend als diese Treue der Hingebung an die ihm gestellte Lebensaufgabe ist dann weiter in diesem Bildungsgange Zwinglis der tief religiöse Zug seines Wesens. Die Art und Richtung desselben steht ja allerdings zu dem, was in der damaligen Zeit als Kennzeichen der Frömmigkeit galt, und was auch Luther in so heißen Kämpfen als die Bedingung seines Friedens mit Gott in sich zu verwirklichen trachtete, in einem sehr bestimmten Gegensatz. Beide verlassen ungefähr gleichzeitig in den Jahren 1505 und 1506 ihre Studien, der eine um sich im Kloster, der andere um sich in der seelsorgerischen Arbeit an seiner Gemeinde dem Dienste Gottes zu widmen. Aber wie anders erscheint nun diese Hingabe an Gott dort bei dem Mönch in Erfurt, der in langjährigem Ringen sich abarbeitet, bis die Nacht des Zweifels und des Schuldgefühls durch die

Gewißheit der vergebenden Liebe Gottes ihm erleuchtet wird, und hier bei dem Priester von Glarus, der von vorn herein das Joch solcher asketischen Werkgerechtigkeit als ein willkürlich auferlegtes von sich abweist, dem der Weg der Pflichterfüllung ohne Weiteres auch der Weg des Gehorsams gegen Gott ist, und der neben der Arbeit und dem Studium harmlos auch die Freuden, wie sie Musik und geselliger Verkehr ihm bieten, als von Gott gegebene Erholungsmittel an sich kommen läßt! Gewiß, jener hat auf seinem so viel schwereren Wege in Tiefen und in Rätsel des Daseins hineingeblickt, welche dem heiteren Optimismus Zwinglis verschlossen geblieben sind, und er ist dadurch zu einer Höhe weltüberwindender Kraft und Freiheit emporgehoben worden, auf welche ihm auch der andere erst als lernender und empfangender hat nachfolgen müssen, um wirklich als Genosse und Mitkämpfer ihm zur Seite stehen zu können. Aber andrerseits werden wir doch auch gerade in der Freiheit, in welcher der letztere seine Beziehung zu Gott zu behaupten und jenes die Gewissen bethörende Joch menschlicher Satzung von sich ferne zu halten wußte, das Zeugnis einer Selbständigkeit und Unmittelbarkeit seines religiösen Lebens erkennen müssen, die ihm das volle Recht gegeben hat, auch neben Luther seinen Beruf als selbständiger und von Gott ausgerüsteter Zeuge der evangelischen Wahrheit geltend zu machen. Wohl fehlt es auch in seiner Entwicklung nicht an den Spuren eines ernsten Suchens und Kämpfens um diese Wahrheit; aber auch der theologische Zweifel, ferne davon ihn an der Freudigkeit seines religiösen Lebens irre zu machen, führt ihn vielmehr durch den in ihm liegenden Antrieb zum Gebet und zum Schriftstudium um so tiefer und ernster in dasselbe hinein. Es ist ihm undenkbar, wie es einen lebendigen Gottesglauben geben könne, der nicht eben als solcher mit der Ehrlichkeit und Wahrhaftigkeit und mit dem Vertrauen auf die der Wahrheit innewohnende Kraft der Selbstbeglaubigung eins ist. Noch schwerere Hemmungen und Störungen liegen in den diese geistige Entwicklung begleitenden sittlichen Flecken und Fehltritten; aber dem aufrichtigen Bekenntnis derselben, durch welches ja er selbst die hauptsächliche Kunde davon uns gegeben hat, darf er ebenso aufrichtig das Zeugnis beifügen: für die Schuld habe ich schon lange bei Gott Abbitte gethan. Er kann auch den Glauben an die göttliche Vergebung als etwas unmittelbar in den christlichen Gottesbegriff eingeschlossenes hinnehmen, und die ebenso untrennbare Verbindung, in welcher ihm dieser Gottesbegriff mit der Idee des seine Verwirklichung fordernden Guten steht, bewahrt ihn davor, in etwas anderm als in dem erneuten und gesteigerten Kampf gegen die Versuchung die Bewährung dieser wiedererlangten Gottesgemeinschaft zu suchen. In der theologischen Formulierung führte ihn das Bedürfnis, diesen im Glauben erfahrenen Zusammenhang mit Gott so eng und so lebendig als möglich zu erfassen, schon frühzeitig zum entschiedenen religiösen Determinismus. Es ist ihm selbstverständlich, daß Gott, das höchste Gut, auch als das absolute Sein und als die allgemeine Ursache alles Geschehens betrachtet werden muß, daß alle, auch die rätselhaftesten Erscheinungen der Wirklichkeit in den Zusammenhang seines alles durchwaltenden Willens, der die Güte und Weisheit selbst ist, hineingestellt werden. Wenn er durch die späteren Erfahrungen seines Lebens das kühnwagende Vertrauen auf diesen allmächtigen Willen in manchen Punkten getäuscht und das in solchem Vertrauen Erstrebte durch die Unempfänglichkeit und Bosheit der Menschen zu nichte gemacht sieht, so will er lieber auch in dieser Macht der Trägheit und Bosheit ein Geheimnis jener Vorsehung Gottes verehren, als daß er jener die Fähigkeit zuschriebe, ihre Absichten wirklich durchkreuzen und die Reinheit ihrer Ziele trüben zu können. So lassen sich in seinen Schriften namentlich aus der spätern Zeit unschwer Stellen genug herausfinden, in denen über der Einheit der Unterschied zwischen Gott und der Welt, zwischen der Notwendigkeit des natürlich mechanischen Weltlaufes und der höhern und anders gearteten Notwendigkeit im Gebiete des sittlichen Lebens in einer den christlichen Gottesbegriff gefährdenden Weise verwischt ist: aber die gleiche Grundüberzeugung von dem übergeordneten Wesen des Ethischen, die ihn in seinem persönlichen Leben vor der Gefahr falscher Beruhigung bewahrte und zum steten Kampf des Geistes gegen das Fleisch antrieb, läßt ihn auch in seiner Theologie schließlich doch immer wieder das Reich der Zwecke dem Reich der Mittel überordnen und die wahre Selbstoffenbarung Gottes jenseits der Naturwelt in dem von Christo ausgehenden Leben der Erlösung und der Vollkommenheit erblicken. „Die Heimlichkeit Gottes giebt sich nicht in der Natur, sondern in der Sendung seines Sohnes zu erkennen". „Je mehr wir unsere Sünde er= kennen, um so mehr finden wir die Schöne und Allmächtigkeit Gottes und die Liebe und Zuversicht seiner Gnade." Der zwingendste Beweis für die unbedingt wirkende Allmacht Gottes ist für Zwingli der, daß er seine eigene Bekehrung und Unter= werfung unter den Willen Gottes nur als das Werk dieser wunderbar erleuchtenden und allmächtig bestimmenden Gnade erfassen kann, ebenso wie die hervorstechendste Äußerung dieser unbedingten Hingabe an Gott in der Geltendmachung seines Wortes als der alleinigen Richtschnur für Lehre und Leben und andrerseits in seinem fröhlichen durch alle Lagen seines Lebens ihn begleitenden Gottvertrauen bestand. Die schon erwähnte Predigt über die Klarheit und Gewißheit des Wortes Gottes, mit welcher er bedeutsam genug seine deutschen reformatorischen Schriften eröffnet hat, hat zum Grundgedanken den Nachweis, wie der nach dem Bilde Gottes geschaffene Geist für den ihm innewohnenden Trieb nach unendlichem und vollkommenem Leben nur dann Befriedigung findet, wenn er das Wort seines Schöpfers und Bildners sein inneres Besitztum und den ausschließlichen Halt seines Glaubens werden läßt, wie aber dieses Wort Gottes durch die in ihm liegende Kraft der Erleuchtung und Beseligung auch für jeden, der sich ihm öffnet, seine Klarheit und Gewißheit in sich trägt. „Ich habe wohl ebenso viel zugenommen an mensch= licher Weisheit wie Viele meines Alters; aber schließlich bin ich dahin gekommen mir zu sagen: du mußt alles liegen lassen und die Meinung Gottes lauter aus seinem einfältigen Wort lernen. Denn das ist gewiß und kann nicht fehlen; das Wort Gottes ist helle, läßt nicht in der Finsternis irren; es lehret sich selbst, thut sich selber auf und bescheret die menschliche Seele mit allem Heil und Gnade, macht sie in Gott getrost, demütigt sie, daß sie sich selbst verliert, ja verwirft und dafür Gott in sich fasset; in dem lebt sie, nach ihm begehrt sie, verzweifelt an allem Trost der Creaturen, und ist allein Gott ihr Trost und ihre Zu= versicht." Auch im „Commentar über die wahre und falsche

Religion" wird dieses allgemein religiöse Motiv seines Schrift=
prinzips hervorgehoben: „Der Fromme kann durch kein andres
Wort genährt werden, als durch das Wort Gottes; denn wie er auf
Gott allein sein Vertrauen setzt, so wird er auch allein durch sein
Wort gewiß gemacht und will das Wort keines Andern als Gottes
annehmen". Auf der anderen Seite tritt dann namentlich in den
Briefen aus dieser Zeit der inneren Entscheidung die mutige Ent=
schlossenheit und Siegeszuversicht hervor, die ihm in jener Gewiß=
heit der unbedingt waltenden göttlichen Allmacht beschlossen war.
Er vergleicht sich etwa mit einem Steuermann auf wogender
See, der aber weiß, wer die Segel gespannt hat und den Winden
gebietet. „Ich wäre ein Feigling und nicht wert ein Mensch zu
heißen, wenn ich mein Boot verlassen wollte, um schließlich doch
in Schande umzukommen; so übergebe ich mich denn ganz seiner
Güte; er leite und führe mich, beschleunige oder hemme meinen
Lauf oder lasse mich auch ganz versinken: seine Gefäße sind wir,
er mag sich unser bedienen zur Ehre oder zur Schande." Und
unmittelbar vor dem ersten Religionsgespräch schreibt er an Oeko
lampad: „Ich werde viel hin= und hergeworfen, aber ich bleibe
unbeweglich, nicht weil ich mich auf meine Kraft, sondern weil ich
mich auf Christus stütze; denn er ist es, der mich stärkt und
belebt."

Was aber sowohl dieser religiösen Hingabe an Gott als
auch dem daraus hervorgehenden pfarramtlichen Wirken schließlich
noch ihre durchaus eigenartige und für Zwingli charakteristische
Richtung verleiht, das ist der von Jugend an ihn beseelende
freudige und thatkräftige Patriotismus. Schon Beza hebt in
seinen Gedächtnisversen auf Zwingli seine doppelte Liebe, zu Gott
und zum Vaterlande, als das ihn auszeichnende hervor und meint
im Hinblick auf die Art seines Todes, für sein Vaterland sei er
getötet, für seine Frömmigkeit zu Asche verbrannt worden. Auch
Luther hat den Schmerz über das von fremden Zwingherrn ge=
knechtete und ausgebeutete Vaterland in seiner ganzen Tiefe em=
pfunden und an die Reformation der Kirche die Hoffnung einer
nationalen Wiedergeburt geknüpft; aber dieses Gefühl der Mit=
verantwortlichkeit für die nationale Wohlfahrt und Freiheit ist in
ihm erst erwacht, als seine religiöse Entwicklung und seine reforma=

torische Richtung der Hauptsache nach vollendet und zu ihrem
Abschluß gelangt waren. Für Zwingli dagegen ist von Anfang
an beides aufs engste verbunden. Indem er mit der ihm eigenen
Planmäßigkeit und Stätigkeit die zur Erfüllung seines geistlichen
Berufes erforderlichen Kenntnisse sich aneignet, weiß er, daß er
damit auch seiner Aufgabe als Bürger und Vaterlandsfreund ge=
recht wird, und darf sich das Zeugnis geben: „All meine Jugend
von Kindesbeinen an habe ich eine so große und starke Liebe zu
einer gemeinen Eidgenossenschaft gehabt, daß ich um ihr zu dienen
von Jugend auf mich in allerlei Kunst und Klugheit geübt habe."
Aus dieser innigen Verflechtung von Religion und Patriotismus
gewinnt nun aber auch Zwingli eine Auffassung vom Wesen so=
wohl der allgemein christlichen, als auch der speciellen priesterlich
seelsorgerischen Aufgabe, die für sein reformatorisches Handeln
und Verfahren nicht minder charakterisch ist als jene Betonung
der absoluten Gottesidee für seine Theologie. Während er als
theologischer Denker wie vielleicht kein anderer unter den Refor=
matoren von dem Bedürfnis vorwärts getrieben wird, die christ=
liche Lehre als in sich zusammenhangendes und auch religions=
philosophisch begründetes Ganzes zur Erkenntnis zu bringen,
bleibt doch dieser Drang nach Erkenntnis allezeit in bewußter
Weise den Aufgaben untergeordnet, welche das konkrete Leben
mit seinen mannigfaltigen kirchlichen, politischen und socialen Not=
ständen in sich schließt, aber lehrt ihn auch andrerseits diese Auf=
gaben in einen Zusammenhang mit der christlichen Offenbarung
und Erlösung hineinstellen, dessen Aufweis, wenn auch im Ein=
zelnen vielleicht noch vielfach mangelhaft und anfechtbar, zu den
bedeutendsten Versuchen christlicher Gesellschaftsordnung gehört
und jedenfalls das Verdienst hat, zuerst in methodischer Kon=
struktion das evangelische Christentum ins wirkliche Leben hinein=
gebaut zu haben.

In seiner Theologie machte sich später diese Betonung der
aktiven Momente des Christentums namentlich in der ihm eigen=
tümlichen Wertung des Gesetzes bemerkbar. In ausgesprochenem
Gegensatz zu Luther ist es ihm, zumal in seiner vollendeten
Zusammenfassung in Christo, nicht blos Weckmittel des Sünden=

bewußtseins, sondern als Ausdruck des guten und lautern Gotteswillens auch in sich selbst ein Ausfluß der göttlichen Güte und ein Bestandteil des Evangeliums. „Was mag dem Menschen Fröhlicheres verkündet werden als der Wille Gottes?" „Wenn es von dem Gottlosen als schwerer Druck empfunden werden muß, so zieht es den Gläubigen in die Liebe Gottes hinein, denn so er sieht, wie Gott ein so lauteres reines Gut ist, wird er entzündet, dasselbe Gut lieb zu haben und zu überkommen." „Wenn Gott seinen Willen den Menschen zeigt, erfreut er die, so Liebhaber Gottes sind, und also ist es ihnen eine gewisse gute Botschaft, und von deren wegen nenne ich es lieber Evangelium als Gesetz; dadurch wird der Span von Gesetz und Evangelium quitt und ledig." Dadurch konnte dann auch im Reformationswerk Zwinglis die unmittelbare Zweckbeziehung des Glaubens zu der im Gesetz geordneten Mannigfaltigkeit der individuellen und gesellschaftlichen Pflichtverhältnisse zu einer Geltung kommen, wie sie solche in der lutherischen Reformation nie erlangt hat. Die bürgerliche Gesellschaft, deren Ordnung bei Luther mit der Aufgabe der Kirche überall nur in eine sehr lose Verbindung gesetzt erscheint, wird als die Sphäre anerkannt, in welcher die Kraft der christlichen Erlösung in der von Gott ihr gesetzten Bestimmung zu ihrer Verwirklichung kommen muß, und welche deshalb auch dem gestaltenden Einfluß des christlichen Geistes nach ihrer vollen Ausdehnung sich zu öffnen hat. Es steht für Zwingli von vornherein fest, daß die Kirche im christlichen Sinne des Wortes nicht nur eine Heilsanstalt, sondern auch eine sociale Institution ist, und daß ihre Reformation erst in ihrer regenerierenden Wirkung auf den allgemeinen Geist und die öffentlichen Ordnungen des Volkes ihre Vollendung findet. Zugleich ist leicht ersichtlich, wie eng wiederum diese höhere Wertung des Gesetzes und die daraus sich ergebende Modification der reformatorischen Aufgabe mit der früher dargelegten allgemeinen religiösen Weltanschauung Zwinglis zusammenhängt. Wie in dem Begriff Gottes die lebendige, rastlos schöpferische Aktuosität in den Vordergrund gestellt ist, so ist auch das Leben in ihm und der von ihm geforderte Dienst neben der vertrauenden

Hingabe des Herzens an Gott das stätige und freudige Handeln in seinem Gehorsam und das sich Hingeben an seinen Willen, wie er sich in den von ihm geschaffenen Ordnungen und den von ihm gestellten Lebensaufgaben offenbart. Da andererseits für Zwingli Gott wieder nach einem oft betonten Grundgedanken seines Gottesbegriffs dieses Gute, das er verlangt, nicht nur will, sondern wesentlich ist, und jede Äußerung desselben in der geschaffenen Welt auf ihn zurückzuführen ist, so ist ein solches Handeln im Dienste des Guten auch nicht blos ein äußerlich ihm geleisteter Gehorsam, sondern an sich selbst schon das Leben in seiner Gemeinschaft, die aber als die Gemeinschaft mit Gott zugleich die Bürgschaft einer allmächtigen Hilfe und eines ewigen Bestandes in sich trägt. „Wo der Geist Gottes ist, da werden gute Werke nicht unterlassen: denn wie der ein ewig währendes Gut ist und alles Guten Ursache und Bewegung, also auch, wo er ist, werden alle Dinge zu guter Wirkung aufgerüstet und bewegt."

Nicht minder liegt aber endlich auch am Tage, was für eine gewaltige Erschwerung und Erweiterung für die reformatorische Aufgabe mit einer solchen direkten Aufnahme ethisch patriotischer Ziele in dieselbe verbunden war. Neben die Verkündigung der reinen Lehre tritt die Reinigung des Lebens und neben die Reformation der Kirche diejenige des Staates. Zum Vorbild des geistlichen Amtes werden ihm die alttestamentlichen Propheten, die neben der Abgötterei auch die Schäden des Volkslebens gestraft und neben dem Eifer für die Ehre Jehovahs auch die Durchführung seines Gesetzes im Einzelleben wie in den öffentlichen Zuständen als ihren Beruf erkannt haben. Nach diesem Vorbilde sieht auch er sich als berufener Pfarrer mit einem Wächteramt betraut, bei welchem die Verkündigung der ihm aufgegangenen Heilserkenntnis und deren Ausprägung in der Lehre und den Ordnungen der Kirche nur die eine und leichtere Seite ist: denn er weiß sich neben der Bekämpfung der religiösen Verirrung auch in den Kampf gegen die öffentlichen Notstände und die socialen Schäden des Volkes hineingestellt. „Einen ewigen, unablässigen Streit" nennt er das Hirtenamt, einen Streit „mit allem Fleisch und mit sich selbst, mit aller hochmütigen Gewalt und mit Allem, was gegen Gott ist." „Das heißt ein Christ sein, hochherzig zu allen großen Thaten bereit sein, heiteren Geistes Alles ertragen, im Helfen und Raten dem Volke sich hingeben, kurz nach dem Bilde Gottes gütig sein gegen Alle, weise sein in Allem, überall Standhaftigkeit und Tapferkeit bewahren und einem Höheren als den Menschen zu gefallen trachten."

2.

In der reformatorischen Arbeit Zwinglis selbst treten hauptsächlich drei Seiten auseinander: ihr Verlauf und ihre Ergebnisse in Zürich selbst, ihre Erfolge und Mißerfolge nach außen, besonders gegenüber der Eidgenossenschaft, und die Auseinandersetzung mit Luther im Abendmahlsstreit. Dabei finden wir überall Religionsgespräche als die entscheidenden Momente der Bewegung und werden deshalb auch am Passendsten zur näheren Charakterisierung dieser verschiedenen Seiten je eines dieser Religionsgespräche in die Mitte stellen. — Wie die Bildung seiner Überzeugung, so steht auch der nun beginnende Kampf um ihre Geltung in der Kirche, welcher diese Zeit der reformatorischen Arbeit von jener früheren der Vorbereitung so scharf unterscheidet, im engsten Zusammenhang mit den großen geschichtlichen Strömungen der Zeit und wird namentlich in seinen Erfolgen nur aus ihm heraus verstanden werden können. Man macht beim Studium der Verbreitung der Reformation in der Schweiz fast auf jedem Schritt die Wahrnehmung, wie nicht nur Einwirkungen Luthers, sondern auch zahlreiche andere Anregungen religiöser und humanistischer Art der Arbeit Zwinglis vorangegangen sind, und die evangelische Bewegung fast nirgends durch diese eigentlich hervorgerufen, sondern fast überall blos befestigt und bestimmteren Zielen entgegengeleitet worden ist. Aber eben die Eigentümlichkeit dieser Ziele erlaubt es doch auch wieder, die darauf gerichtete Arbeit Zwinglis selbständig und einheitlich jenen mitwirkenden Faktoren gegenüberzustellen und wie die vorhergegangene persönliche Entwicklung ohne Verletzung der geschichtlichen Wahrheit als ein Ganzes für sich darzustellen.

Das Reformationswerk in Zürich selbst zunächst darf ohne Frage zu den größten und merkwürdigsten Erfolgen pfarramtlicher Thätigkeit gerechnet werden, von denen die Geschichte uns Kunde giebt. Die Größe dieses Erfolges wird um so augenfälliger, je mehr zugleich die Schwierigkeiten in Betracht gezogen werden, welche Zwingli in seinem ihm zugewiesenen Wirkungskreise in Zürich entgegenstanden. Die Stadt galt als die in sittlicher Beziehung verderbteste in der ganzen damaligen Eidgenossenschaft. Von einer vorbereitenden Erziehung durch die Mystik oder durch ethisch hervorragende Persönlichkeiten finden wir keine Spur. Auch die gelehrte Bildung und der Bücherdruck haben erst im Zusammenhang mit der Zwinglischen Reformation in Zürich Eingang gefunden. Dagegen waren auch dort wie in den übrigen Kantonen fast alle einflußreichen Familien in den Söldnerdienst und in die Abhängigkeit von fremden Jahrgeldern verflochten, und gerade in den Jahren, in denen Zwingli seine Arbeit in Zürich begann, sehen wir infolge des in Italien erlangten Kriegsruhmes diese Verkäuflichkeit und die damit zusammenhängende Corruption auf ihrem Höhepunkt angelangt. Namentlich der römische Stuhl besaß seit Langem in den eidgenössischen Truppen und speciell in den aus Zürich geworbenen Söldnern seine besten Verteidiger und war, wie Leo X. in einer Botschaft an die eidgenössischen Stände sagt, in jeder Gefahr zuerst gewohnt auf den festen und treuen Schutz des unbesiegten Volkes sein Vertrauen zu setzen. Als die Stadt sich schon für die Reformation entschieden hatte, bestand beinahe die Hälfte der päpstlichen Garde aus Zürichern, und der Rat sah sich, als der Papst infolge des religiösen Abfalles der Stadt sich von seinen gegen sie eingegangenen Verbindlichkeiten für dispensiert erklärte, um die Summe von 25,000 Gulden rückständigen Soldes betrogen. Daneben hatten auch die benachbarten Staaten, Oestreich, Savoyen und namentlich Frankreich durch die jährliche Auszahlung bedeutender Summen sich die Gestattung von Werbungen zu verschaffen gewußt, aber damit auch das moralische Verderben in alle Schichten der Bevölkerung hineingebracht. Während draußen im Felde oft Bewohner der gleichen Stadt und des gleichen Dorfes im Dienst der feindlichen Fürsten gegeneinander kämpften, fehlte es dem Boden an

Arbeitern um ihn zu bebauen. „Der Pflug, klagt eine gleich=
zeitige Chronik, liegt umgestürzt, die Kühe haben ihre Sennen
verloren". — Noch unheilvoller waren die mittelbaren Wirkungen,
wie sie sich namentlich in den Städten in dem überhand nehmen=
den Hang zu Müßiggang und zu Ausschweifungen aller Art bei
Hohen und Niedrigen zeigten. Wohl lagen ja nach einer gewissen Seite hin gerade in diesen
engern Beziehungen zum Ausland und besonders zu Rom auch
wieder Momente, welche wenigstens der kirchlichen Emancipation
Vorschub leisten mußten. Die nähere Bekanntschaft mit Rom
machte auch mit dem dort herrschenden Leichtsinn und Sittenver=
derben näher bekannt: man gewöhnte sich, im Papsttum mehr
eine politische als eine geistliche Macht zu erblicken und die ihm
geliehene Hülfe als Stützpunkt für die Gewährung kirchlicher
Freiheiten und Vergünstigungen zu benützen. Vor Allem
schadete dem Ansehen seiner Inhaber die Wortbrüchigkeit, mit
welcher die gegebenen Versprechungen immer wieder von ihnen
zurückgenommen und die Truppen in ihrem ausstehenden Solde
verkürzt wurden. Aber die kirchliche Emancipation vom Papst=
tum war eben nicht der ausschließliche und nicht einmal der haupt=
sächliche Zweck von Zwinglis Reformationswerk. Noch mehr als
in der kirchlichen Verbindung mit Rom sah er in der vom Papst
und den weltlichen Fürsten ausgehenden Bestechung die Quelle
des Verderbens für sein Volk. Indem er aber nun mit dem
gleichen rücksichtslosen Ernst, mit welchem er die kirchlichen Miß=
bräuche angriff, auch gegen diese nationale Korruption sein Zeug=
nis ablegte und seinen Kampf führte, mußte er darauf rechnen,
daß neben den Vertretern der Hierarchie auch viele der politischen
Führer diesen Kampf mit ihm aufnehmen und seinem Refor=
mationswerk, je umfassender und durchgreifender es ihm vor=
schwebte, auch einen um so entschiedenern und erbittertern Wider=
stand entgegensetzen würden. Und man braucht nur seine Briefe
aus jenen Anfangsjahren zu lesen um zu sehen, wie klar er sich
der Höhe und Schwierigkeit der auf ihm lastenden Aufgabe von
Anfang an bewußt war, aber auch mit welch fester Glaubens=
zuversicht er im Blick auf die allmächtige Hilfe seines Herrn und
Gottes an ihre Ausführung die Hand gelegt hat.

Zum Kampfe selbst bediente er sich während dieser ganzen grundlegenden Anfangszeit keiner anderen Waffe als des durch sein Predigtamt ihm anbefohlenen Wortes. Wie er es bei seinem Amtsantritt als seine Absicht angekündigt hatte, so fuhr er fort in einfacher Auslegung des Neuen Testamentes nach dem Zusammenhang seiner Schriften der Gemeinde wieder das wahre Wesen dessen, was christliches Gesetz und Evangelium ist, vor Augen zu stellen, daneben etwa auch durch Verbreitung der Schriften Luthers die evangelischen Überzeugungen zu befestigen. Dabei blieb er bis zum Jahre 1523 beharrlich bei dem Grundsatz, für die von ihm als notwendig erkannten praktischen Neuerungen wie die Freigebung der Priesterehe, die Erleichterung der Fastengebote u. s. w. sich an den Bischof von Constanz zu wenden und so lange als möglich es abzuwarten, ob nicht durch dessen Mitwirkung für eine dem Evangelium entsprechende Neugestaltung der kirchlichen Verhältnisse Raum geschaffen werden könnte. Seine Predigtweise ist bei aller Verwandtschaft des Geistes doch von derjenigen Luthers wesentlich verschieden. Bei gleicher Sicherheit und Freudigkeit der Glaubensüberzeugung und gleichem Reichtum an unmittelbar sich darbietendem und aus dem Leben gegriffenen Veranschaulichungen fehlt ihr doch jener sprachliche und poetische Wohllaut und jene bis ins Innerste durchsichtige Gemütstiefe, welche die Sprache Luthers zu einem in der Geschichte der Kirche unerreichten Muster christlicher Beredtsamkeit machen. Dafür ist der Gedankengang einheitlicher, die Polemik schärfer und die Absicht neben der Erweckung des persönlichen Heilsglaubens auch auf die sociale Erneuerung des gesammten Volkslebens gerichtet. Im Angreifen der kirchlichen Lehren und Ordnungen war Zwingli noch äußerst zurückhaltend; noch 1521 wurden ihm in einer gegen ihn eingereichten Klageschrift in dieser Beziehung nur die Bestreitung der Fürbitte der Heiligen und etwa noch skeptische Äußerungen über das Fegefeuer vorgeworfen; erst von 1522 an wandte er sich auch gegen die Fastengebote, die Verehrung der Maria und namentlich gegen die Mönche, die er kurzweg als den faulen Haufen zu bezeichnen pflegte, und deren Zurückführung in das bürgerliche Arbeitsleben ihm nicht nur durch den Gegensatz gegen den falschen Werkdienst, sondern auch im Interesse der ökonomischen Entlastung des Volkes als notwendig erschien.

Die Wirkung seiner Predigt zeigte sich denn auch zuerst, noch vor dem Hervortreten einer kirchlichen Opposition, in der Bereitwilligkeit, mit welcher der Rat und die Bevölkerung trotz der damit verbundenen Einbußen sich der von Zwingli geforderten Verzichtleistung auf die fremden Jahrgelder und Kriegsdienste unterzogen und die Besserung der sittlichen Zustände an die Hand nahmen. Als im Jahre 1521 zwischen Frankreich und der Eidgenossenschaft ein Bündnis zum Zweck neuer Werbungen geschlossen werden sollte, blieb Zürich auf Zwinglis Abmahnung hin davon fern. Andrerseits wurden Gesetze zur Handhabung der Sittenzucht erlassen und Viele auch persönlich zur Besserung ihres Lebens veranlaßt, so daß Zwingli schon in einer seiner frühesten Schriften seine Mitbürger darauf hinweisen durfte, wie mächtig Gott durch das von ihm gepredigte Wort die Liebe zu Gott und dem Nächsten in ihnen entzündet habe, und auch Auswärtige mit Staunen auf die in Zürich geschehene Umwandlung blickten als auf ein Zeugnis, wie Gott durch sein Wort auch aus Steinen sich Kinder erwecken könne.

Der erste Zusammenstoß mit der bischöflichen Autorität erfolgte im Frühjahr 1522. Er wurde nicht durch eine Provokation von Zwingli selbst, sondern durch seine Anhänger in der Gemeinde, aber als unmittelbare Wirkung seiner Predigten hervorgerufen. Er bestand wie an so manchen Orten in Übertretungen der Fastengebote. Sie veranlaßten den Bischof zu einer Klage an den Rat und die Geistlichkeit über die in der Stadt überhand nehmende Unbotmäßigkeit; aber bei diesen Verhandlungen eben zeigte es sich, wie entschieden an beiden Orten die Anhänger Zwinglis schon die Oberhand hatten. Ungehindert konnte dieser seine ersten Reformationsschriften veröffentlichen, und statt ihn zur Rechenschaft zu ziehen, ging der Rat auf seine Bitte ein, daß durch die Anordnung eines öffentlichen Religionsgesprächs am 29. Januar 1523 die kirchlichen Gegensätze zur Entscheidung gebracht würden, und sprach im Grunde schon durch diese Gewährung den Reformationsbestrebungen Zwinglis seine Anerkennung und damit den Sieg zu.

Und noch mehr ist dann der Verlauf dieses Religionsgespräches selbst ein Bild nicht sowohl des Kampfes als des bereits errungenen Sieges. In der Mitte der auf etwa 600 Teilnehmer geschätzten Versammlung saß Zwingli allein an einem Tisch, auf welchem die Bibel in lateinischer, griechischer und hebräischer Sprache aufgeschlagen war. Nachdem der Bürgermeister die Verhandlungen durch die Aufforderung eröffnet hatte, daß jedermann seine Klagen gegen die von Zwingli gepredigte Lehre frei aussprechen sollte, erhob sich dieser selbst zu einer kurzen vorläufigen Rechtfertigung seines Auftretens: Wie Gott je und je seine Wahrheit auch nach langer Verdunkelung wieder ans Licht gebracht und die in Sünde und Irrtum dahingegebenen Menschen wieder zur Erkenntnis seines Evangeliums zurückgeführt habe, so habe auch jetzt dieses sein Licht die menschlichen Aufsätze und Lehren wieder zu durchbrechen angefangen: „aus was für Meinung und Willen der allmächtige Gott solches durch mich als seinen unwürdigen Diener hat wollen geschehen lassen, kann ich nicht wissen; denn er allein erkennt und weiß die Heimlichkeiten seiner Ratschlüsse". Er sei bereit Jedem, der seine Lehre für Ketzerei halte, gütig und ohne Zorn Antwort zu geben. „Nun wohl her im Namen Gottes, hier bin ich".

Trotzdem sämtliche Geistliche des Kantons sich hatten einfinden müssen, übernahm es mit Ausnahme des Generalvikars von Konstanz keiner, die alte Lehre zu verteidigen, und auch dieser sah sich von vornherein gelähmt durch die vom Rate aufgestellte Bestimmung, daß im Streit der Parteien nur die heilige Schrift als richterliche Autorität anerkannt und die Beweisführung lediglich auf ihre Aussprüche gestützt werden solle. Wenn der bischöfliche Abgeordnete in immer neuer Wendung die Kompetenz einer solchen aus einfachen Geistlichen und Bürgern zusammengesetzten Versammlung in Glaubensfragen zu bestreiten und die Entscheidung auf ein Konzil oder auf die theologischen Autoritäten abzustellen versuchte, so hielt ihm Zwingli die Verheißung Christi entgegen, daß er da gegenwärtig sein wolle, wo zwei oder drei in seinem Namen versammelt sind, sowie das feste Vertrauen auf die Kraft des göttlichen Wortes, seine Wahrheit auch ohne die Vermittlung menschlicher Autoritäten jedem aufrichtigen Herzen zu offenbaren: „der Geist Gottes fließt darin so reichlich und weht in ihm so fröhlich, daß jeder fleißige Leser, welcher nur demütigen Herzens hinzutritt, durch die Schrift zur Erkenntnis der Wahrheit gelangen wird, gelehrt vom Geiste Gottes".

Vor allem aber sind die 67 Schlußsätze oder Thesen, die Zwingli als Grundlage der Disputation aufgestellt hatte, wenn sie auch im Verlaufe derselben von den Gegnern geflissentlich bei Seite gelassen wurden, eine Zusammenfassung der entscheidenden reformatorischen Gedanken und Grundsätze, wie sie klarer und einheitlicher wohl kaum eine zweite Reformationsschrift in sich darstellen dürfte. Von den an die Spitze gestellten Sätzen aus, daß das Evangelium auch ohne die Autorität der Kirche die sich selbst bezeugende Wahrheit ist, und daß in Christi Lehre und Versöhnungstod der einzige Weg der Seligkeit den Menschen gezeigt ist, wird der Reihe nach das ganze System der überlieferten Heilslehre und Kirchenverfassung einer vernichtenden Kritik unterzogen. Zugleich wird ihm wenigstens den Grundlinien nach ein dem Evangelium entnommenes Lehr= und Verfassungsprogramm gegenübergestellt, das in seiner Vereinigung von christlicher Bestimmtheit und freilassender Beschränkung auf das Wesentliche ebenso sehr als das Muster eines wahrhaft evangelischen Bekenntnisses wie als das thatsächliche Zeugnis für die Selbständigkeit und Wahrheit des reformatorischen Berufes seines Urhebers dasteht. Wer Zwinglis Werk nach seiner wirklichen Grundlage und seinen wahren Zielen erkennen will, wird immer zuerst auf diese Schlußreden und die bald darauf ihnen beigegebene nähere Ausführung in seiner Schrift: „Auslegung und Begründung der Schlußreden" zurückgreifen müssen; sie zeigen, wie klar und umfassend gleich von der ersten Ausführung an der ihm eigentümliche Reformationsplan vor Zwinglis Seele stand, wie aber andrerseits auch er bei aller Selbständigkeit des Ausgangspunktes und der Ausführung die evangelische Kirche auf keinen anderen Grund, als auf den sie von Luther gebaut wurde, hat stellen wollen, auf keinen andern als den, welchen er in dem fast allen seinen Schriften als Motto vorangestellten Trostwort Christi selber bezeichnet: kommet her zu mir Alle, die ihr arbeitet und beladen seid, und ich will euch Ruhe geben.

Mit diesem Religionsgespräch war nun für das Gebiet von Zürich die reformatorische Bewegung eingeleitet, welche während der nächsten zwei Jahre eine kirchliche Institution nach der andern in ihren Kreis hineinziehen und nach den von Zwingli aufgestellten evangelischen Grundsätzen umgestalten sollte. Den Anfang der Kultusänderungen bildete, nach nochmaligem längern Zuwarten auf ein etwaiges Einlenken des Bischofs, zu Pfingsten 1524 die Beseitigung der Bilder, in denen Zwingli das vornehmste Hindernis der wahren Hingabe an Gott erblickte. Ihr folgte im Dezember 1524 die Aufhebung der Klöster und am Gründonnerstag des folgenden Jahres die Abschaffung der Messe und als Ersatz die Einführung einer evangelischen Abendmahlsfeier. Die Ausführung ging überall vom Rat aus, aber so, daß die Bürger dabei um ihre Zustimmung gefragt wurden, und in den meisten Fällen die Autorität des Rats mehr im Zurückhalten als im Voranschreiten zur Äußerung kam. Bei der Aufhebung der Klöster legte die Äbtissin am Fraumünster selbst ihre Gerechtsame in die Hand der Obrigkeit nieder. Der Abt von Kappel machte aus seinem Kloster eine gelehrte Schule und ließ sich selbst mit seinen Mönchen in den alten Sprachen und in der heiligen Schrift unterrichten. Die Chorherren am Großmünster gaben aus eigenem Antrieb an den Rat die Erklärung ab, daß sie es nicht länger in ihrem Gewissen ertragen könnten, die dem Stifte zukommenden Einkünfte zur Vermehrung seines Reichtums zu beziehen, und trafen mit ihm die Vereinbarung, daß die Pfründen nach dem wirklichen Bedürfnis der geistlichen Amtsverwaltung reduziert und der Überschuß ihres Ertrages für die Errichtung einer theologischen Schule sowie für die Hebung des sonstigen Unterrichts in der Stadt verwendet werden sollte. So wurde im Laufe weniger Monate fast ohne Widerstand eine kirchliche Umwälzung vollzogen, wie sie durchgreifender kaum gedacht werden könnte und zwar zu einer Zeit, als anderswo die Frage über ihre Berechtigung kaum erst über die theoretische Discussion hinausgegangen war. Die meiste Anhänglichkeit zeigte sich für die Messe; ihre Abschaffung wurde nur durch ein Mehr von wenig Händen im Großen Rat durchgesetzt. Aber als nun am Gründonnerstag des Jahres 1525 statt ihrer die erste evangelische Abendmahlsfeier im Großmünster gehalten wurde, war Zwingli selbst darüber erstaunt, wie allgemein die Beteiligung der Bürgerschaft an derselben war, und wie klein die Zahl derer blieb, „die nach den Fleischtöpfen Egyptens zurückschauten".

In der Art und Weise der Umgestaltung begegnen wir überall einer nüchternen Verständigkeit, die den Gegensatz gegen das bisherige Kultuswesen bis in seine letzten Konsequenzen ausbildete, aber der bei Zwingli überall wiederkehrenden schroff dualistischen Auffassung des Verhältnisses von Geist und Natur ganz entsprechend war. Die gottesdienstliche Feier wurde auf die elementarsten Formen der Predigt und des Gebetes reduciert, kein Gesang und kein Orgelspiel mehr geduldet, auch beim Abendmahl sorgsam jede Mitwirkung ästhetischer Motive ausgeschlossen und selbst die besondere Amtstracht bei geistlichen Funktionen für unzulässig erklärt: das Volk solle, meinte Zwingli, seine Geistlichen nicht an ihrer Kleidung, sondern an ihrer Teilnahme für seine Anliegen und ihrer Bereitwilligkeit zum Helfen zu erkennen vermögen. Ohne Rücksicht auf ihren historischen oder künstlerischen Wert wurden nicht nur die Bilder, sondern auch die alten Handschriften und Bücher der Klosterbibliothek der Zerstörung preisgegeben und der reiche Kirchenschatz des Großmünsters in Geld umgeprägt, weil, wie der Rath auf die von den Chorherren eingereichte Verwahrung antwortete, die Reformation und die damit verbundenen Tagsatzungen der Stadt so große Kosten verursacht hätten.

Aber noch wichtiger und geschichtlich belangreicher als dieses Äußerliche in Zwinglis Reformationswerk, das auch innerhalb der eigenen Kirche durch die spätere Entwicklung vielfach modificiert worden ist, ist die ihm zu Grunde liegende principielle Auffassung, welche bald weit über Zürich hinaus für den ganzen Umfang des schweizerischen und zum Teil auch süddeutschen Reformationsgebietes maßgebend werden sollte. An die Stelle der Hierarchie ist als Trägerin der kirchlichen Regierungsgewalt die christliche Gemeinde in ihrer legitimen Vertretung durch die Obrigkeit getreten, aber unter der bestimmt ausgesprochenen Voraussetzung, daß diese dabei an das Wort Gottes gebunden ist und als das Organ seines Willens sich betrachtet. Die neue Kirchenbildung ist damit in bewußtem Rückgang auf alttestamentliche Vorbilder zur Theokratie geworden, in welcher der Staat der

unmittelbare Gegenstand wie der Vollstrecker des christlichen Ge=
setzes ist und mit der Leitung der Kirche zugleich die Verpflich=
tung zur Durchführung ihrer eigentümlichen Zwecke auf sich ge=
nommen hat. Es fehlt allerdings auch bei Zwingli nicht an
Andeutungen, daß die Notwendigkeit einer bestimmteren Schei=
dung der beiden Gebiete von ihm erkannt wurde. Seine Schrift
„von der göttlichen und menschlichen Gerechtigkeit" nimmt geradezu
die Unausführbarkeit des in Christo geoffenbarten Gotteswillens
innerhalb des irdischen Lebens zu ihrem Ausgangspunkt und leitet
daraus für die bürgerliche Gemeinschaft die Notwendigkeit ab,
daß sie statt dieses Gesetzes der göttlichen Gerechtigkeit blos durch
eine „arme und bresthafte menschliche Gerechtigkeit" könne regiert
werden, die ihr Ziel nicht in der Herstellung der Frömmigkeit,
sondern in der Ermöglichung eines rechtlich geordneten Verkehrs
und Gemeinschaftslebens sich zu stecken habe. Die Obrigkeit, die
zur Handhabung dieser menschlichen Gerechtigkeit von Gott ein=
gesetzt sei, habe darum ihre Funktion auf das Gebiet des äußern
Lebens zu beschränken; „es steht nicht in ihrem Eid und Gehor=
sam, daß sie über die Seelen und Gewissen der Menschen herrschen
soll, denn sie vermag es nicht; sie ist nicht über das Wort Gottes
und christliche Freiheit gesetzt, sondern nur über das zeitliche Gut
und mag über die Seelen nicht reichen". Nehmen wir hinzu,
daß nach Zwingli die Herrschaft dieser menschlichen Gerechtigkeit
durch äußern Zwang, diejenige der göttlichen und im Christen=
tum geoffenbarten durch die Verkündigung des Evangeliums be=
gründet und ausgebreitet werden soll, und daß es Aufgabe und
Ziel dieser letztern ist, 'auf diesem Wege des freien Wahrheits=
zeugnisses auch jenen äußern Kreis immer mehr mit ihrem Licht
und Leben zu erfüllen, so sind uns hier die Grundlinien eines
Verhältnisses zwischen der allgemein menschlichen und der christ=
lichen Sittlichkeit und zwischen den Aufgaben des Staates und
der Kirche gezeichnet, das über jene einfach theokratische Verhält=
nisbestimmung weit hinausreicht und vom alttestamentlichen
zum neutestamentlichen Standpunkt hinüberleitet. Aber sowohl
die geschichtlichen Verhältnisse wie die Geistesart Zwinglis selbst
haben den Reformator daran gehindert auf dieser theoretisch als
richtig erkannten Bahn zu beharren. Noch im Jahre 1523 wurde

der Beschluß gefaßt, daß die geistlichen Angelegenheiten durch den großen Rat behandelt werden sollten, und wenn derselbe auch nicht aufhörte wichtigere Entscheidungen vor der Ausführung der Bürgerschaft vorzulegen, so erfolgte dieselbe doch überall auf dem Wege staatlichen Zwanges, und Zwingli selbst zeigt sich auch seinerseits in der Anwendung solcher Mittel nichts weniger als zurückhaltend. Der Sieg der Reformation in Zürich bezeichnet in dieser Beziehung statt einer Freilassung der religiösen Überzeugungen vielmehr eine Beschränkung der freien Bewegung, die bis dahin in Folge der unabhängigern kirchlichen Stellung Zürichs gegenüber Constanz bestanden, und unter deren Schutz ja auch Zwingli sein Werk vorbereitet hatte. Schon im Jahre 1523 finden wir eine Censurbehörde eingerichtet, welche den Druck und die Verbreitung der Bücher zu überwachen hatte, und in welcher natürlich Zwingli den maßgebenden Einfluß ausübte. Und wie gewaltig gelegentlich seine Gegner, wenn es sich um die Einschüchterung der Opposition handelte, die aus der Verbindung mit dem Rat ihm erwachsende Macht zu fühlen bekamen, zeigt die Hinrichtung Jacob Grebels, welche nicht nur durch die leidenschaftliche Hast, mit der sie Zwingli betrieb, sondern auch durch die unzweideutige Einmengung kirchlich theokratischer Motive in das Strafverfahren für immer einen Flecken auf seine Handlungsweise gelegt hat. Auch in den Fragen des Glaubens und des Kultus war die Minderheit gegenüber den Beschlüssen der Mehrheit zum unbedingten Gehorsam verpflichtet. Als der Rat die Aufhebung der Messe beschlossen hatte, wurde ihren Anhängern die Bitte rundweg abgeschlagen, sie in einem besondern Gotteshaus noch ferner abhalten zu dürfen, und bald darauf sogar auch die Feier derselben in auswärtigen Kirchen ihnen verweigert, weil sie nach Zwinglis Meinung über diesen Punkt nun genugsam unterrichtet worden seien. Ebenso wurden die täuferisch Gesinnten einem sehr strengen Taufzwang unterworfen, indem der Befehl erlassen wurde, daß alle Eltern ihre Kinder bei Strafe der Einkerkerung und Verbannung binnen acht Tagen zur Taufe bringen sollten, während allerdings die noch härtern Strafen der Auspeitschung und Ertränkung, die später einige Häupter der Sekte trafen, erst verhängt wurden, als sie sich auch

in die revolutionäre Agitation eingelassen, und alle gelindern
Maßregeln sich als unwirksam erwiesen hatten. Das Bekenntnis
der kirchlichen Gemeinde kann eben nicht zum Staatsgesetz er=
hoben werden, ohne daß die Opposition gegen dasselbe als poli=
tische Auflehnung hingestellt wird, und der der Kirche innewohnende
Trieb nach Universalität durch die falschen Mittel des staatlichen
Zwanges sich seine Befriedigung zu geben sucht. Die Wieder=
täufer hatten daher Recht, wenn sie das Hineinziehen dieser Gewalt
in die Aufgaben der Kirche als eine Beeinträchtigung derselben
und zugleich als einen Abfall von Zwinglis eigenem ursprüng=
lichen Standpunkt darstellten. Nur darf nicht übersehen werden,
daß gerade ihr schwärmerisches Auftreten dem Reformator die
Verbindung mit dem Staat im Interesse der geschichtlichen Con=
tinuität und einer gesunden Leitung des Volkslebens doppelt nahe
legte, und daß andrerseits bei der Entartung des Klerus die
bürgerliche Obrigkeit als die einzige geschichtliche Macht dastand,
welche dem christlichen Geist für die Erfüllung seiner sittlich reli=
giösen Aufgaben zum Organ dienen und dem evangelischen
Glauben durch die Aufnahme in ihr festes Gefüge gegenüber den
Unterdrückungsversuchen der Hierarchie den notwendigen Rückhalt
bieten konnte. Es spricht die innerste Tendenz von Zwinglis
Theokratie und zugleich das letzte Ziel seiner reformatorischen
Arbeit aus, wenn sein Freund, der Komthur Schmid von Küß=
nacht auf der zweiten Disputation in Zürich im Oktober 1523,
auf welcher eben diese Befugnis der Obrigkeit zur kirchlichen Re=
formation besprochen wurde, am Schluß der Verhandlungen aus=
ruft: „Wenn die Geistlichen nicht dazu helfen wollen, daß Christus
wieder aufgerichtet werde, so wird es nötig sein, daß die Welt=
lichen dafür einstehen. Ihr habet bisher, liebe Herren, manchem
weltlichen Fürsten geholfen wiederum in seine Herrschaft um
Geldes willen. So helfet nun um Gottes willen Christo, unserm
Herrn, wiederum in seine Herrschaft, daß er in euern Gebieten
allein angebetet, geehrt und angerufen werde und in uns Christen
allein herrsche und gebiete und für das geachtet und gehalten
werde von den Euern, dazu ihn sein Vater gesetzt hat und uns
gegeben als den einigen, wahren Mittler, Erlöser und Nothelfer.
Nehmet die Sache tapfer und christlich in die Hände".

Und wenn wir auf das Ganze von Zwinglis Wirken in Zürich blicken, so war doch jene Anwendung gewaltsamer Mittel nur etwas vereinzeltes gegenüber dem, was er während der kurzen ihm gestatteten Jahre desselben auf dem freien Wege der Belehrung und der gesetzgeberischen und organisatorischen Thätigkeit erreicht hat. Seine mächtigste Waffe blieb auch jetzt, wo er die Obrigkeit zur Mitarbeit an seiner Seite hatte, das von ihm gepredigte Wort, mit welchem er unermüdlich und unerbittlich auf seiner Kanzel im Großmünster sein Hirten= und Wächteramt ausübte, und man muß die Predigt lesen, die er bei Gelegenheit der zweiten Disputation zu Zürich vor der versammelten Geistlichkeit gehalten und bald darauf in erweiterter Gestalt unter dem Titel „Der Hirt" herausgegeben hat, um sich zu vergegenwärtigen, wie ernst und hoch er von diesem Predigerberuf dachte, und mit was für einem Geiste des Glaubens und der Treue, des sittlichen Eifers und der selbstverleugnenden Hingabe er die an ihn sich anschließende Geistlichkeit zu erfüllen suchte.

Neben diesem persönlichen Einfluß sind als bleibende kirchliche Institutionen besonders wichtig die Organisation der Pfarrsynode und die Stiftung der theologischen Schule, für welche er die Güter des Chorherrenstifts zu verwenden wußte, und an welcher er selbst von Anfang an trotz der Last seiner sonstigen Arbeit unausgesetzt als Lehrer thätig war. Nicht blos die Studierenden, sondern auch die sämmtlichen Geistlichen der Stadt, ja die ganze Gemeinde mußte sich an den Lektionen beteiligen, die ausschließlich in der Auslegung der biblischen Bücher bestanden. Zwingli ließ das den Theologen lateinisch vorgetragene durch einen seiner Genossen jeweilen in einer unmittelbar darauf gehaltenen Predigt deutsch wiederholen, um auch nach dieser Seite hin durch die Verbreitung und Befestigung der evangelischen Erkenntnis das ihr zugesprochene allgemeine Priestertum zur Wahrheit zu machen. Wie mächtig durch diese Anregung der Trieb nach Erkenntnis unter den Geistlichen gefördert wurde, zeigt die Lebensgeschichte Thomas Platters, welcher in die Pfarrhäuser auf dem Lande hin und her gerufen wird, um die im Amte stehenden Geistlichen, zum teil bereits bejahrte Männer, in die Kenntnis der hebräischen Sprache einzuführen.

Nicht minder aber macht sich auch auf den der Kirche und der geistigen Erziehung ferner liegenden Gebieten die Kraft von Zwinglis sittlichem Willen und der Einfluß seiner organisatorischen Weisheit spürbar. Die Anordnungen des Rates zur Hebung der materiellen und sittlichen Notstände, wie sie im Erlaß einer Armenordnung, einer Ehegesetzgebung und verschiedener tief eingreifender Sittenmandate einander folgen, lassen sich durchweg auf seine unmittelbare Initiative und Urheberschaft zurückführen. Seiner Vermittlung war es zu verdanken, daß während des Bauernkrieges das aufgeregte Landvolk sich beschwichtigen ließ und auf die Verheißung einer in Verbindung mit Zwingli vorzunehmenden Regelung der Steuerverhältnisse die mit bewaffneter Hand erhobenen Forderungen zurückzog und seine Sache vertrauensvoll der Entscheidung des Rates anheimstellte. Auch später behielt er die sociale Lage des Landvolkes stets im Auge, suchte den durch Leibeigenschaft und Zehntpflichtigkeit auf demselben lastenden Druck nach Kräften zu mildern und legte es auch in jener Anweisung zum geistlichen Hirtenamte seinen Amtsbrüdern ans Herz, daß sie nicht nur dazu gesetzt seien die christliche Lehre zu verkündigen, sondern auch die Fürsorge für die Gedrückten und die Arbeit an der Verbesserung ihrer Lage als eine Hauptaufgabe ihres Amtes anzusehen hätten.

So erwuchsen aus der Thätigkeit Zwinglis in Zürich neben der evangelischen Ordnung der Lehre und des Gottesdienstes im Laufe weniger Jahre eine Reihe von Schöpfungen, durch welche das dort zur Herrschaft gelangte evangelische Princip nach allen Seiten hin als die Kraft geistiger und sittlicher Erneuerung geltend gemacht, und dem ganzen Leben der Stadt eine höhere Richtung und ein bis dahin ungeahnter Gehalt verliehen wurde. Es ist eine reformatorische Arbeit, die im Vergleich mit dem weltgeschichtlichen Auftreten Luthers weniger ereignisreich und weniger großartig, sozusagen bürgerlich einfacher sich darstellt, aber wie dieses ein Bild treuester und erfolgreichster Hingebung an die von Gott vorgesteckte Aufgabe und, wie das Werk Luthers, ein leuchtendes Zeugnis für die rettende und welterneuernde Kraft der von ihnen verkündigten Wahrheit ist. Nach der einen Seite hin ist es allerdings das Werk einer oft gewaltthätigen Zerstörung und die Auflösung eines beinahe tausendjährigen Zusammenhanges, die namentlich auf dem Gebiete der christlichen Kultur- und Kunstentwicklung an manchen Punkten ohne Frage als herber und hemmender Einschnitt sich fühlbar macht. Aber es ist eine Zerstörung, deren Ursprung aus dem lautersten Wahrheits- und Gewissensernst sich nirgends verleugnet hat, deren Notwendigkeit Zwingli überall aus dem urkundlich bezeugten Wesen des Christentums zu rechtfertigen bereit war, und an deren Vollziehung er erst gegangen ist, als die bisherigen Träger der kirchlichen Ordnung für die Beseitigung auch der dringendsten Notstände sich als unfähig erwiesen hatten. Und es ist eine Zerstörung, deren Verluste doch auch schon nach der kulturgeschichtlichen Seite hin zu der segensreichen Bedeutung des mit ihr verbundenen Neubaues in keinem Verhältnis stehen. Es ist leicht, durch die Aufzählung der mit der Reformation zu Grunde gegangenen Kunstwerke Zwingli etwas von den Zügen eines Vandalen zu leihen, und schon zu seiner Zeit hat es auch auf der Seite seiner treuesten Anhänger nicht an Stimmen gefehlt, welche der religiösen Kunst gegenüber eine größere Anerkennung und Schonung befürworteten. Aber man sollte, wenn man einmal für die diesem Verfahren zu Grunde liegenden christlichen Motive keinen Sinn hat, doch wenigstens im Interesse der geschichtlichen Wahrheit die anderweitigen Wirkungen nicht verschweigen, welche seine auf das Evangelium gegründete Reformation in Bezug auf die sittliche Hebung und die geistige Erziehung des Volkes als ihre nicht minder bestimmt angestrebten Ziele in ihrem Gefolge gehabt hat. Und wenn damals ein zeitgenössischer Gegner nicht ohne ein gewisses Recht dieser Reformation den Vorwurf machen konnte, in der Kirche Zwinglis gebe es keine fastende Hannah, keinen gottesfürchtigen Simeon und keinen Petrus und Johannes, die zur Betstunde in den Tempel gingen, an seinen Altären fehle die Lobpreisung Gottes und in seinem Tabernakel das Sakrament, so sollte die geschichtliche Betrachtung der Gegenwart, auch wenn sie in diesen Vorwurf einzustimmen sich genötigt sieht, nicht erst auf die lange Reihe von Männern hingewiesen werden müssen, die in der Kirche Zwinglis und unter dem Einfluß des von ihm geweckten geistigen Lebens betend und arbeitend dieses Erziehungs=

werk fortgesetzt haben, und deren ununterbrochene Succession zu der vor ihm sich fühlbar machenden geistigen Öde und Verwahrlosung einen so scharfen Contrast bildet. —

Anders gestaltet sich allerdings das Bild, wenn wir nun diesem Wirken Zwinglis in Zürich das nach außen hin gerichtete an die Seite stellen. Zur Waffe des Wortes gesellt sich das Schwert; der Führer der Kirche wird zum Leiter des Staatswesens, der die ihm in die Hand gegebene Macht zur gewaltsamen Verdrängung seiner Gegner benützt, ausführliche Kriegspläne entwirft und mit dem Ausland im Bunde seiner Stadt neben dem Schutz ihres Glaubens auch die politische Hegemonie und wichtige, die frühern Bundesgenossen erdrückende Gebietserweiterungen zuzuwenden sucht. Aber eben diese Hinwendung zu weltlicher Politik und zu äußeren Gewaltmitteln hemmt sein Werk und seine Laufbahn. Während er, um dem gefürchteten Angriff des Kaisers zu begegnen und seine politisch-religiösen Reformgedanken in der Schweiz durchzusetzen, auf die Hilfe fremder Bundesgenossen sich stützt, lähmt er damit gerade die überlegene Macht, die dem evangelischen Bekenntnis bereits in der Eidgenossenschaft zu Gebote stand, und der frühzeitige Tod auf dem Schlachtfeld reißt ihn und viele seiner besten Genossen in der Züricher Geistlichkeit aus einem Wirkungskreis heraus, der nach so manchen Seiten hin noch unvollendet geblieben war und seines gestaltenden Geistes noch weiter bedürftig zu sein schien.

Die nähere Verfolgung der Geschichte dieser politischen Thätigkeit und der aus ihr hervorgegangenen Konflikte und Verwickelungen kann nicht unsre Aufgabe sein. Sie ist gerade in den letzten Jahren vielfach besprochen und mannigfach beurteilt worden. Aber zweierlei muß doch als das fast allseitig anerkannte Ergebnis der darüber geführten Verhandlungen hier herausgehoben werden: einmal die wesentliche Reinheit des Zieles, welches Zwingli dabei zu erreichen, und sodann der defensive Charakter, den er seiner Stellung nach außen so lange als möglich zu wahren suchte, und den er erst aufgegeben hat, nachdem er die Unmöglichkeit erkannt hatte, dem evangelischen Bekenntnis auf diesem Wege den notwendigen Schutz aufrecht zu erhalten. Sein Ziel war, wie Bullinger es zusammenfaßt, dem Worte

Gottes in der ganzen Eidgenossenschaft freie Bahn zu machen und den Pensionen und fremden Kriegsdiensten zu wehren, und wenn ihn mit Recht der Vorwurf trifft, daß er dieses Ziel statt wie in Zürich mit dem Schwerte des Geistes, auch mit bewaffneter Hand zu erreichen suchte, so darf nicht vergessen werden, daß er diese Waffen zuerst zur Verteidigung in die Hand nehmen mußte, und daß er sich, wenn er den Krieg als die einzige Möglichkeit der Rettung des evangelischen Glaubens ansah, vielleicht in der Macht, aber jedenfalls nicht in den Absichten und Plänen seiner Gegner getäuscht hat. Und wie lange Jahre vorher beschränkte er sich, um nach beiden Seiten hin sein Ziel zu erreichen, auf die Mittel friedlicher Ermahnung und freundschaftlich teilnehmender Belehrung! Seine „göttliche Ermahnung an die ältesten Eidgenossen von Schwyz", in welcher er 1522 der dortigen Landsgemeinde zusprach, den fremden Bündnissen zu entsagen und sich doch nicht von den Herren, von denen sie mit Eisen und Hellebarden nicht überwunden werden konnten, mit weichem Golde übermannen zu lassen, bleibt für alle Zeiten eines der schönsten Denkmale eines edeln, auf die Wohlfahrt des Volkes gerichteten und an die freie Überzeugung sich wendenden Patriotismus, und die mannigfaltigen persönlichen Beziehungen zu so vielen Gebieten der Eidgenossenschaft vermöge seines früheren Aufenthaltes in Toggenburg, Glarus und Schwyz lassen ja auch von dieser Seite her ein solches Vorgehen nicht als Anmaßung, sondern als Erfüllung einer ihm durch sein Amt übertragenen Pflicht erscheinen. Aber eben dieser friedlich patriotische Zuspruch ist die erste Ursache gewesen, daß innerhalb der Länder die Feindschaft gegen ihn überhand nahm, und jene Koalition zwischen der klerikalen und der kriegsfreundlichen Partei, den Anhängern der alten Ordnung in der Kirche und des Söldnerwesens in der Politik, sich gegen ihn bildete, an welcher seine Hoffnung auf eine die ganze Eidgenossenschaft umfassende religiös-sittliche Regeneration so traurig scheitern sollte.

Nicht minder friedlicher Art waren dann auch andrerseits während langer Jahre seine Bemühungen um die Ausbreitung der evangelischen Lehre. Auch hier ist die Unterstützung durch kriegerische Bündnisse und bewaffnete Heeresmacht erst erfolgt, als die katholische Partei durch eine Reihe gewaltsamer Unterdrückungsversuche die Gegenwehr herausforderte und durch Schwert und Scheiterhaufen die von ihr gewählten Kampfmittel an den Tag gelegt hatte. Nicht äußere Gewaltmittel und nicht einmal die eigenen Bemühungen Zwinglis, sondern die einfache Macht seiner geistigen Autorität und das aus freiem Antrieb ihm entgegengebrachte Vertrauen haben seine kirchliche Führerstellung in der Schweiz so tief begründet, daß selbst eine Katastrophe wie die zu Kappel sie nicht wieder zu erschüttern vermochte. Sein Briefwechsel stellt es aufs lebendigste dar, wie ohne sein Zuthun in immer weiterem Umfange die Augen der Bessern sich auf ihn richteten und in ihm den von Gott gegebenen Erneuerer der Kirche begrüßten, „den Bischof des ganzen Vaterlandes und das Auge des Herrn", wie ihn der Vorsteher der Berner Kirche, Berthold Haller, einmal bezeichnet. Noch ehe er eine einzige Schrift in den Druck gegeben hat, sehen wir aus allen Teilen der Schweiz die bedeutendsten Männer mit ihm in Verbindung treten und seine Ratschläge für die Führung ihres Amtes, den Betrieb ihrer Studien, die Aufhellung ihrer theologischen Bedenken einholen; als Beispiel sei der Brief angeführt, in welchem der angesehenste und selbständigste dieser schweizerischen Mitarbeiter, Ökolampad in Basel, gleich nach seiner Ankunft daselbst im Dezember 1522 den Verkehr mit ihm anknüpfte und ihn um seine Freundschaft bat. „Wer sollte, heißt es darin, den nicht lieben, der die Sache Christi mit solchem Eifer betreibt, der seine Schafe so treulich weidet und den Wölfen solche Furcht einflößt, der sich wie eine Mauer für das Haus Israel hinstellt und in Wort und Wandel die ersten Zeugen des Glaubens lebendig wieder erscheinen läßt". Und bald dehnt sich der Kreis noch weiter aus; die süddeutschen Reichsstädte, Straßburg an der Spitze, stellen sich in ihrer Reformation unter seine Leitung; die ersten Bekenner des evangelischen Glaubens in Frankreich und in Holland begrüßen in ihm ihren Lehrer, und man muß auch hier die Briefe selbst lesen, um einen Eindruck davon zu bekommen, in was für einem Grad und Umfang dieses auf ihn gesetzte Vertrauen seine Erfüllung findet, und was für eines Reichtums von Belehrung und Ermunterung und dann wieder von seelsorgerischem Rat und Trost seine Freunde für alle ihre Bedürfnisse bei ihm sicher sein durften.

Zu diesen persönlichen Einwirkungen und den unmittelbaren Eindrücken der in Zürich erzielten Erfolge gesellt sich dann eine Reihe theologischer Schriften, die mit der Rechtfertigung des dort Geschehenen auch seine weitere Verbreitung nach außen hin zum Ziele hatten und diese Absicht auch schon durch die ihnen vorangedruckten Widmungen bald an benachbarte eidgenössische Stände wie Appenzell, Bern u. s. w., bald an befreundete Städte wie Straßburg an der Stirne tragen. Die umfangreichste derselben ist an den König von Frankreich gerichtet. Auch auf dem Reichstag zu Augsburg stellt sich Zwingli mit einer ausführlichen Bekenntnisschrift ein. Eine dritte zusammenfassende Darlegung des christlichen Glaubens, die wieder dem französischen König gewidmet war, konnte Bullinger nach seinem Tode aus dem Manuscript Zwinglis veröffentlichen. An Bedeutung und Umfang läßt sich ja allerdings diese literarische Wirksamkeit Zwinglis mit derjenigen Luthers nicht vergleichen. Aber immerhin enthält sie für diese letztere, auch abgesehen von seiner verschiedenen Stellung in der Sakramentslehre, sowohl in ihrer Tendenz auf eine zusammenfassende Entwicklung des Lehrganzen als auch in ihrer objektiveren Handhabung der Schriftauslegung ergänzende Momente genug, um seine theologische Führerschaft für die ihm verwandten Kreise auch außerhalb Zürichs zu begründen.

Man kann als ein ähnlich zusammenfassendes Bild seiner einflußreichen Stellung nach außen, wie die erste Disputation zu Zürich ein solches für seinen Sieg in Zürich selbst gewesen war, die fünf Jahre nachher im Januar 1528 abgehaltene Disputation zu Bern ansehen. Auch hier war schon die Anordnung derselben das Zeugnis des gewonnenen Sieges, und dieser Beitritt des mächtigen Bern brachte auch den Sieg der Reformation in den noch unentschiedenen Gebieten zum Austrag; von allen Seiten her, der französischen wie der deutschen Schweiz, von Straßburg, von Konstanz, von Ulm waren die Leiter der evangelischen Bewegung wie zur feierlichen Begehung dieses Sieges um Zwingli versammelt. Aber es war ein Sieg und ein Anhang, den nicht äußere Gewalt, sondern die innere Macht der von ihm vertretenen Sache ihm gewonnen hatte, und wenn in den späteren Verwickelungen und im Streben nach weiterer Ausbreitung diese friedliche

Einwirkung durch die Anwendung der Gewalt verdrängt worden ist, so daß das dem Reformator in Zürich bestimmte Denkmal unter dem vielleicht all zu sehr vorherrschenden Eindruck dieser letzten Lebensjahre neben der Bibel in der einen Hand in die andere das Schwert als sein Abzeichen gelegt zeigt, so ist eben jenes Religionsgespräch zu Bern mit der ihm dort eingeräumten Führerstellung das geschichtliche Zeugnis, wie die eigentlich entscheidenden Kämpfe auch nach außen hin Kämpfe des Wortes und des Geistes gewesen sind, und gerade die durchschlagenden und bleibenden Erfolge seiner Arbeit durchaus auf dem Wege friedlicher Überzeugung und freier Anerkennung erzielt wurden.

An diesen Sieg der Zwinglischen Reformation zu Bern knüpfen sich nun aber allerdings unmittelbar jene mannigfaltigen Kollisionen zwischen den Zielen kirchlicher Verteidigung und politischer Machterweiterung und andrerseits zwischen den universalen, die ganze Zeit in Bewegung setzenden Interessen des Glaubens und den nationalen Aufgaben und Forderungen des Vaterlandes, in welchen der hohe dramatische Reiz, aber auch der tragische Konflikt von Zwinglis letzten Lebensjahren liegt. Der Anschluß Berns an die evangelische Sache machte die Gewaltsamkeiten vollends unerträglich, welche ihre Anhänger namentlich in den eidgenössischen Vogteien von Seite der katholischen Stände zu erleiden hatten. Zwischen den Städten, die nun in rascher Folge während der Jahre 1528 und 1529 dem Züricherischen Bekenntnis und Reformationsverfahren sich anschlossen, bildete sich ein Bündnis, das zunächst auf die gegenseitige Verteidigung des Glaubens und seinen Schutz in den Vogteien gerichtet war, aber nach Zwinglis Absicht auch zur Aufrichtung der politischen Hegemonie Zürichs in der östlichen Schweiz und zur Reorganisation der eidgenössischen Bundesverfassung im Sinn einer Zurückdrängung der Länder durch die Städte führen sollte. Mit Waffengewalt wollte Zwingli von den katholischen Ständen das Verbot der Jahrgelder und die Freigebung der evangelischen Predigt erzwingen, während vor kurzem noch Zürich, gegenüber den auf die Unterdrückung seines Bekenntnisses gerichteten Bestrebungen, das Prinzip verfochten hatte, daß die Bünde sich nicht auf den Glauben, sondern nur auf die Beschirmung von Leib und Gut und auf die Handhabung des Rechtes zu beziehen hätten, und die evangelischen Städte in ihren eigenen Gebieten die Glaubenseinheit mit der größten Strenge aufrecht erhielten. Mehr und mehr löst sich über diesen mit steigender Erbitterung geführten Kämpfen für Zwingli selbst die ursprüngliche Einheit auf, in welcher ihm anfangs die reformatorische Aufgabe und die Liebe zum Vaterland gestanden hatten. Auf beiden Seiten werden die Schranken außer Acht gelassen, welche auch dem ernstesten Kampf um ideale Güter durch die gemeinsame Zugehörigkeit zum Vaterland gezogen sind. Wie die katholischen Orte an dem Papst und an Östreich, so sucht Zwingli an den süddeutschen Reichsstädten und am Landgrafen von Hessen Rückhalt und neue Bundesgenossenschaft. Aber über diesen in eine abenteuerliche Weite hinausschweifenden Plänen verliert er den festen Boden, auf dem er bisher gestanden, das innere Recht seiner Sache und zugleich das Vertrauen und den thatkräftigen Beistand seiner Mitbürger, und so findet er seinen Untergang, nicht ohne eigene Schuld, aber doch in dem bis zum Tode festgehaltenen Bewußtsein, auch für sein Vaterland das Gute gewollt und im Kampf für die zeitliche und und ewige Wohlfahrt seiner Mitbürger sein Leben geopfert zu haben. „Das Wort Gottes aufrichten, sagt er in einer seiner Verteidigungsschriften, heißt nicht die Eidgenossenschaft schädigen. Ich bin es unser Aller Vaterland schuldig wider alle Päpstlichen die Wahrheit zu schirmen, daß wir nicht unter das Papsttum und seiner Schulen Gewalt und Knechtschaft gedrängt werden, welches unsern Nachkommen nachteiliger sein würde als der Verlust unsrer zeitlichen Freiheit. Also werde ich mich wider alle Lehre, die sich wider Gott aufrichtet, mit Gott aufrichten und sträuben, so lange ich lebe, und wenn ich das nicht thäte, so wäre ich ein verlogener und ehrloser Mann". Und auf dem Schlachtfeld zu Kappel waren seine letzten Worte, die uns von ihm berichtet sind, während er mitten im Schlachtgewühl, aber ohne von seinen Waffen Gebrauch zu machen, unter den Kämpfenden dastand, bis er von einem feindlichen Schlage getroffen zu Boden sank: „Biedere Leute, seid fröhlich und fürchtet euch nicht. Müssen wir gleich leiden, so ist unsre Sache doch gut. Befehlet euch Gott, der uns und den Unsrigen helfen kann. Gott walts".

Sein erster Biograph und intimster Freund Mykonius hat unter dem unmittelbaren Eindruck dieses Todes dem kurz nachher entworfenen Lebensbilde Zwinglis die Überschrift vorgesetzt: „Über Huldreich Zwinglis, des tapfern Helden und großen Theologen, Leben und Sterben." Wir mögen es bei der Vergleichung seines Werkes mit den von ihm selbst als Muster aufgestellten Vorbildern bedauern, daß er in diesem Teile seines Wirkens dem Geist der alttestamentlichen Propheten zu wenig treu geblieben ist und neben ihrem Eifer für Wahrheit und Gerechtigkeit nicht auch, so wie Luther es gethan, von ihrem glaubensmutigen Verzicht auf die Mittel äußerer Gewalt und Politik sich leiten ließ; aber die Anerkennung dieser Verirrungen darf doch auch für uns diesen Eindruck des heldenhaften Mutes und des fröhlichen Gottvertrauens nicht verwischen, wie ihn seine unmittelbaren Freunde nach dem Zeugnis jener Überschrift von seinem Tod wie von seinem Leben empfangen haben. Er starb mit dem Bewußtsein lauterer Absichten und gottgewollter Ziele, als ein Zeuge und zugleich als ein Opfer jener durchgreifenden und auf die unmittelbare Verwirklichung dieser Ziele gerichteten Thatkraft, die sein ganzes Lebenswerk beseelt, und deren Wahlspruch er selbst in seiner Schrift über die Erziehung als die Aufgabe jedes echten Christen in die Worte zusammengefaßt hat: „Nicht das macht den Christen aus, daß er über Dogmen Großes zu reden weiß, sondern daß er allezeit Großes und Schweres mit Gott vollbringt".

3.

Indes noch ein anderer Kampf nach außen fällt in diese späteren Lebensjahre des Reformators, der dem politischen zur Seite geht und vielfach auch mehr, als gewöhnlich erkannt wird, mit demselben verflochten ist; es ist der Kampf um die Anerkennung und kirchliche Geltung seiner Abendmahlslehre. Auch dieser Kampf hat innerlich Geeintes und auf gemeinsames Zusammenwirken Angelegtes getrennt. Aber während jener erste, der um die Hegemonie in der Schweiz geführte, als eine Episode betrachtet werden darf, welche mehr mit dem persönlichen Naturell und mit den äußern Verhältnissen als mit der eigentlichen Reformationsaufgabe Zwinglis in Zusammenhang gestanden und diese letztere ungleich mehr gehemmt als gefördert hat, ging dieser andre, mit theologischen Waffen ausgefochtene aus dem innersten Kern seiner theologischen Erkenntnis, ja seiner ganzen christlichen Persönlichkeit hervor und hat vor allem Andern dazu gedient, ihm nach der theologischen Seite hin die ihm zukommende selbständige Stellung in dem reformatorischen Gesammtwerke zu sichern.

Auch in diesen Kampf ist ja allerdings Zwingli zunächst wider seinen Willen hineingezogen worden. Wenn er, als in Deutschland auch unter den protestantischen Theologen die Frage über das Wesen des heiligen Abendmahles Gegenstand der Discussion zu werden begann, auch mit seiner durch ernstes exegetisches Studium gewonnenen Ueberzeugung hervortrat, so war es nicht seine Meinung, daß durch die Geltendmachung dieser Differenz eine Trennung der auf das Evangelium gegründeten Kirche herbeigeführt werden sollte. In einer Zuschrift an die Basler Geistlichen schreibt er, als er sie in Gefahr sah, um der Abendmahlslehre willen uneins zu werden: der Glaube an Gott und die aus demselben fließende Unschuld des Lebens sei die Hauptsache in der kirchlichen Verkündigung; wo Beides gelehrt werde, sei Einigkeit der Lehre vorhanden; das Andre, wie eben die bestimmteren Ansichten über das Abendmahl, gehöre mehr zum theologischen Beiwerk und würde, wenn es zum Heile notwendig wäre, von Christus deutlicher gelehrt worden sein. Auch in den Verhandlungen mit Luther hat er stets daran festgehalten, daß die Einheit des Glaubens durch diese zwischen ihnen obschwebende Lehrverschiedenheit nicht aufgehoben sei. Aber er wollte diese Einheit nicht durch zweideutige Kompromißformeln, wie sie etwa die Straßburger Theologen vorschlugen, sondern durch die gegenseitige offene Anerkennung der christlichen Freiheit constatirt sehen und erblickte gerade in der selbständigen Entwickelung, durch welche er unabhängig von Luther und in einer von verschieden gearteten Faktoren bestimmten Gedankenarbeit zu seiner im Wesentlichen so übereinstimmenden Heilserkenntniß geführt worden war, das thatsächliche Zeugniß, daß Ein Geist sie beide ergriffen und auf den Plan gestellt und wenn auch auf verschiedenen Bahnen sie Einem Ziele, der Herstellung einer auf das Evangelium gegründeten und durch das Evangelium frei machenden Kirche entgegengeführt hatte.

Auf der andern Seite war aber diese Verschiedenheit in der Abendmahlslehre doch der Ausdruck eines Gegensatzes, der über diesen einen Punkt hinaus auf die Gesammtauffassung der christlichen Offenbarung sich erstreckte und die verschiedenartige exegetische Begründung auf beiden Seiten nicht sowohl zur Veranlassung hatte als vielmehr als notwendige Folge in sich schloß. Und wenn wir im Blick auf die weitere Geschichte der evangelischen Kirche wie im Interesse Luthers selbst seine Schroffheit und Unnachgiebigkeit in der Geltendmachung dieses Gegensatzes auch noch so sehr bedauern mögen, so werden wir doch nicht in Abrede stellen dürfen, daß derselbe groß genug war, um einen für die letzten Consequenzen der vorhandenen Lehrunterschiede so feinfühligen Geist wie den seinigen zum Mißtrauen zu stimmen, und daß Luther ohne jene trotzige Unbeugsamkeit in der Geltendmachung des als Wahrheit Erkannten, wie er sie in

5*

diesem Streite hervortreten ließ, wohl kaum der Reformator der christlichen Kirche geworden wäre.

Was Zwingli auf dem Gebiet der Lehre von Luther trennte und was dann in der Auffassung des heiligen Abendmahles zu seinem greifbarsten und entscheidenden Ausdruck gekommen ist, ist im Grunde dasselbe, was sich auch schon in seiner religiösen Entwicklung und in seinem reformatorischen Handeln, der Reinigung und Umgestaltung des Kultus, dem Aufbau des kirchlichen Lebens, der Beteiligung an der Aufgabe des Staates als seine Eigenart zu erkennen gegeben hat. Dem möglichst treuen Festhalten an dem geschichtlich Ueberlieferten und der nur zögernden und stufenweise sich erweiternden Lossagung von demselben steht auch hier ein principieller und von vorn herein entschiedener Bruch mit der kirchlichen Vergangenheit und eine bewußte Selbständigkeit auch angesichts ihrer größten Autoritäten gegenüber, wie wir sie in solcher Consequenz bei keinem andern Lehrer der Reformationszeit mehr antreffen. Es macht Zwingli auch als Theologen keine Sorge, in Lehren, wie derjenigen von der Taufe, sich mit allen Vätern in Widerspruch zu wissen; auch das Dogma sollte sogut als der Kultus und die Verfassung der Kirche frei und unmittelbar den ursprünglichen Zeugnissen des Christentums entnommen werden, wie sich dasselbe dem durch keine scholastische Vergangenheit beeinflußten Humanisten in frischem und selbständigem Eindruck als die religiöse Wahrheit erschloß. Es konnte nicht anders sein, als daß bei einer solchen freien Reproduction, so wenig sie auch im Allgemeinen über die Linie des altkirchlichen Lehrsystems hinausging, dann doch im Einzelnen wieder die gleiche scharfe Entgegensetzung von Geist und Natur, die gleiche praktisch verständige Betrachtungsweise und die gleiche Folgerichtigkeit und Kühnheit in der Durchführung der einmal als Wahrheit ergriffenen Grundanschauung sich geltend machten, durch welche auch sein kirchliches und politisches Reformationswerk die ihm eigentümlichen scharf umrissenen Züge erhalten hat. Man hat nicht mit Unrecht von einem modernen Zug, einer „fast modernen Ideenwelt" in der Theologie Zwinglis gesprochen, ähnlich wie ja auch seine auf die Umgestaltung der eidgenössischen Verfassung hinzielenden Entwürfe in den entscheidenden Punkten in unserm Jahrhundert zur Ausführung gekommen sind. Seine Theologie zeigt in der That, so entschieden und fest sie auf die christliche Offenbarung sich gründet, doch überall das Bestreben, diese Offenbarung freier und in lebendigerm Zusammenhang mit den allgemeinen Ordnungen und Denkgesetzen zu verstehen und auszulegen, als es seinen theologischen Zeitgenossen möglich oder auch nur erlaubt schien. — Er durchbricht in seiner Lehre von einer allgemeinen auch den Heiden zugewandten Offenbarung und in seiner Leugnung der Verdammlichkeit der Erbsünde das augustinische Lehrsystem an seinen entscheidenden Punkten und zeigt auch in der Lehre von der Dreieinigkeit die deutliche Tendenz, die Unterschiede mehr im modalistischen als im persönlichen Sinne aufzufassen. Er liebt es auch das Wunderbare, so wenig er es in den biblischen Erzählungen leugnet, in den Zusammenhang der allgemeinen Schöpfungsordnung hineinzustellen und sucht auch die gesetzmäßigen Erscheinungen und die auf ihren natürlichen Zusammenhang gerichtete Betrachtung derselben als nicht minder wertvolle Anregungsmittel der Frömmigkeit zum Bewußtsein zu bringen. Im Werke Christi hat ihm neben der Befreiung von der Schuld auch das vorbildliche Thun und die sittliche Belehrung, die Befreiung von der Sünde, ihre selbständige Bedeutung, während andrerseits an der Person Christi mehr das menschlich ausführende Werkzeug des diese Erlösung stiftenden Gottes als sein persönliches Eingehen in die Schwachheit des Fleisches und den Fluch der Sünde in Betrachtung gezogen wird. Unter den Gütern, welche in der durch ihn eröffneten Gemeinschaft mit Gott empfangen werden, steht ihm neben der Rechtfertigung durch den Glauben als nicht minder wesentliches die Darbietung seines Geistes und die aktive Teilnahme an seinem Reiche, in welchem die Kräfte dieses heiligen Geistes zur Wirksamkeit gelangen, und der Wille Gottes als das höchste Gut für die Menschheit sich seine Verwirklichung schafft. Dabei verfügte er, was die biblische Begründung betrifft, über eine Sicherheit der exegetischen Methode und einen Scharfsinn der Combination, die seiner Schrifterklärung, einzelne gezwungene Deutungen abgerechnet, trotz dieser Beteiligung der Subjectivität eine für jene Zeit seltene sachliche Haltung verliehen und ihm

mindestens so gut als vielen andern seiner Zeitgenossen das Recht
gaben, seine Lehrsätze als die Ergebnisse einer objektiv gewon=
nenen Schriftforschung hinzustellen.

Rastlos sehen wir denn auch Zwingli mitten in der Ver=
folgung seiner sonstigen reformatorischen Ziele an der Erfüllung
dieser seiner theologischen Aufgabe arbeiten, und er besaß auch in
der so vielverzweigten Thätigkeit seiner letzten Jahre noch innere
Freiheit und Sammlung genug, um sich mit immer neuer Frische
und Vielseitigkeit nach der exegetischen wie nach der dogmatischen
Seite hin ihr hinzugeben. Sein Commentar zu Jesajas ist mitten
unter den Unruhen des ersten Cappeler Krieges von ihm heraus=
gegeben worden. Er konnte zu Marburg, während der Kummer
über die kirchliche Entzweiung ihm auf der Seele lastete, und er
mit dem Landgrafen von Hessen über die Abwehr des vom Kaiser
geplanten Krieges sich beriet, jene Predigt über die Vorsehung
Gottes halten, die dann später, in nicht minder stürmischer Zeit
überarbeitet, zur concentriertesten und gereiftesten Zusammen=
fassung seiner religionsphilosophischen und theologischen Grund=
gedanken geworden ist. Ebenso stammt auch die letzte von ihm
unternommene Zusammenfassung seiner Lehre, die an Franz I.
gerichtete Darstellung des christlichen Glaubens vom Juni 1531,
aus einer äußerlich sehr bedrängten und bewegten Zeit, als be=
reits die Gewitterwolken des nahenden Entscheidungskampfes sich
trübe und schwer über ihm zusammenzogen. Trotzdem waltet
darin dieselbe Ruhe und Besonnenheit und wiederum die gleiche
Frische und Neuheit der Gedankenentwicklung, wie sie die sonstigen
Schriften Zwinglis auszeichnet. Es ist vielleicht diejenige Schrift,
die am prägnantesten und klarsten ebensowohl seine Lehreigen=
tümlichkeit wie deren bewußten Zusammenhang mit den unverrück=
lichen Grundlagen des christlichen Glaubens zum Ausdruck bringt,
seine Lehre von Gott, von der Erlösung, von den Sakramenten
sowie auch seine bekannte Hoffnung, dereinst im Reich der Voll=
endung auch über den christlichen Offenbarungskreis hinaus mit
den Frommen und Tugendhaften aller Völker vereinigt zu werden
und „keinen guten Mann, keinen frommen Geist und keine gläu=
bige Seele vom Anfang bis zum Ende der Welt aus der seligen
Gemeinschaft mit Gott ausgeschlossen" zu sehen. Ja diese Hoffnung,

die Luther in seiner Auslegung des ersten Buches Mosis gleichfalls einer Verleugnung des Glaubens und einer Entwertung des Christentums gleich setzt, hing doch für Zwingli gerade mit dem Kern seines christlichen Gottesglaubens, seinem Glauben an die das ganze creatürliche Dasein durchwaltende Allmacht und Güte Gottes, an seine lebendige und unmittelbare Selbstoffenbarung im menschlichen Geist und an den Ursprung alles Guten aus ihm zusammen.

Am meisten aber und am trennendsten ist nun allerdings diese Lehreigentümlichkeit Zwinglis in ihrer Abweichung von Luther in seiner Lehre von den Sakramenten und insbesondere vom heiligen Abendmahl hervorgetreten, und diese bildete zugleich den Punkt, in dessen Verteidigung er sein Recht und seinen Beruf zu ihrer Geltendmachung exegetisch wie dogmatisch am einleuchtendsten nachweisen konnte, und an dessen Behauptung deshalb auch vor allem andern die Geltung seiner Reformation als eines selbständigen Ausgangspunktes für die evangelische Kirchenbildung geknüpft sein sollte.

Auch seine Abendmahlslehre ist ihren dogmatischen Motiven nach aus der gleichen Betonung des rein geistigen Wesens Gottes und der Innerlichkeit und Unmittelbarkeit des religiösen Verhältnisses zu ihm hervorgegangen, welche ihm die eben erwähnte Erweiterung seines Offenbarungsbegriffs möglich machte, die ihn auch praktisch in der Umgestaltung des Kultus zur Verwerfung aller sinnlichen Anregungsmittel der Frömmigkeit veranlaßte. Von einer rationalistischen Ablösung jener Lehre von ihren geschichtlichen Voraussetzungen ist Zwingli so weit entfernt wie Luther. Ohne die Beziehung auf den Versöhnungstod Christi und die in ihm gewährleistete Sündenvergebung und Gottesgemeinschaft wäre auch für ihn die Abendmahlsfeier ihres Inhalts entleert und zur bedeutungslosen Ceremonie geworden. „Das soll niemand als bei uns in Frage stehend ansehen, ob wir an die Gegenwart Christi im Abendmahl glauben. Wenn er nicht gegenwärtig wäre, so würde uns das Abendmahl zuwider sein". In der kurz vor seinem Tode geschriebenen, oben erwähnten Schrift an König Franz I. wird es als das von Christo seiner Kirche gegebene Zeugnis und Pfand seiner Liebeshingabe und Versöhnung dargestellt, dessen Betrachtung und Empfang die Seinen in ihren Anfechtungen stärkt und in der Gemeinschaft mit ihm bewahrt. Er bedient sich, um seine Bedeutung für den Glauben zu veranschaulichen, dem König gegenüber der sinnigen Vergleichung mit dem seiner Gattin gegebenen Verlobungsring, der von dieser auch nicht nach seinem äußern Wert geschätzt sondern als das Symbol seiner ihr angelobten unverbrüchlichen Liebe und Gemeinschaft von ihr hochgehalten wird. So wie sie in diesem Ringe zugleich der Liebe ihres Gatten sich freut und nach ihr den Wert desselben mißt, so „sind uns auch das Brot und der Wein die Symbole der Liebe, mit welcher Gott das menschliche Geschlecht in seinem Sohne mit sich versöhnt hat; wir schätzen sie nicht mehr nach ihrem stofflichen Wert, sondern nach der Größe der Sache, welche sie bedeuten; es ist uns nicht mehr gewöhnliches, sondern heiliges Brot, das deshalb auch nicht bloß Brot, sondern auch der Leib Christi genannt werden kann".

Aber an die Spitze dieser ganzen ins Innerste der christlichen Glaubensgewißheit hineinführenden Darlegung ist der Satz gestellt, der für Zwingli wiederum aus dem innersten Wesen des christlichen Gottesglaubens hervorging, daß Gott als der Unerschaffene und der Unendliche nichts Creatürliches und Sichtbares als Gegenstand des Glaubens neben sich duldet, und demgemäß ein auf das Sakrament sich stützender Glaube dieses an die Stelle Gottes setzen und zur Creaturvergötterung werden müßte. Jede innere Verbindung zwischen Zeichen und Sache, zwischen der äußeren ceremoniellen Handlung und dem Glaubensakt selbst führt nach Zwingli zu einer Verunreinigung des Glaubens und zum Rückfall in den Judaismus. Er wird nicht müde zu wiederholen, daß etwas Körperliches nicht Gegenstand des Glaubens sein, und der Glaube nur im Unsichtbaren und Geistigen seinen Trost und Stützpunkt suchen könne. So fest und unmittelbar ihm daher das Abendmahl auf dem Versöhnungstod Christi beruht, es bleibt für ihn das Gedächtnis dieser geschichtlichen Versöhnung und jede über diese mnemonische Bedeutung hinaus ihm zugewiesene direkte Wirkung eine Entstellung seines ursprünglichen Sinnes, so wie auch Christus die Worte seiner Einsetzung: dies ist mein Leib, nur im figürlicher Sinn gemeint haben könne, gemäß der

von ihm selbst hinzugefügten Weisung: Dies thut meiner zu ge=
denken. Von einer Gegenwart Christi bei der Abendmahlsfeier
kann für ihn daher doch nur insoweit die Rede sein, als der Gläubige
überhaupt dieser seiner Gegenwart sich getrösten darf und schon
vorher durch den innerlichen Empfang seiner Versöhnung und
seines Geistes seiner Gemeinschaft teilhaft geworden ist; auch nur
von einer Stärkung und Zusicherung dieser Gemeinschaft beim
Empfang der heiligen Zeichen zu reden erscheint ihm bedenklich,
da auch hierdurch der Glaube aus der rein geistigen Sphäre
hinausgerückt und auf Sinnliches abgelenkt würde. Höchstens
eine Hinlenkung der Sinne zur lebendigen Vergegenwärtigung
dessen, was geistig erlebt und erfahren werden soll, läßt er etwa
als specifische Wirkung des heiligen Mahles gelten: „der Geist
wird, indem die äußern Sinnbilder dem Gesicht und dem Ge=
schmack den Inhalt der Predigt vorhalten, kräftiger zu dessen
Betrachtung und Beherzigung angeregt"; aber ein anderes My=
sterium als diese dem Geiste veranschaulichte geschichtliche Erlösungs=
thatsache enthält das Abendmahl nicht und darf namentlich der
äußeren Handlung nicht zugeschrieben werden: der Glaube daran
„war ein bethörendes Schreckbild, das wir durch unsere eigene
Dichtung uns verursacht haben"; „nicht das Wunderbare als
solches, sondern die Barmherzigkeit Gottes bildet den Gegenstand
des Glaubens"; „Christus, der das Licht der Welt ist, kann uns
nicht wieder in ein solches der Vernunft widersprechendes Dunkel
hineingeführt haben". Es leuchtet ein, wie sehr durch diese Lehre
von einer lediglich abbildlichen und mnemonischen Bestimmung
des heiligen Abendmahls die Feier desselben der sonstigen Be=
urteilungsweise des Bildlichen und Symbolischen bei Zwingli nahe=
gerückt und in ihrem Wert für das Glaubensleben und für die
Kirche abgeschwächt werden mußte. Seine Bedeutung liegt ihm
denn auch viel weniger in seiner Wirkung auf das persönliche
als in derjenigen auf das gemeinschaftliche Leben und auch nach
dieser Seite hin weniger in dem, was darin von Gott ver=
heißen und gegeben, als in dem, wozu der Mensch ermahnt und
verpflichtet wird. Es ist „das Zeichen der Gemeinschaft für die,
welche in das Blut Christi ihr Vertrauen setzen", also der gemein=
same Akt der Danksagung für die christliche Gemeinde, in welchem

sie durch die gemeinschaftliche Vergegenwärtigung der durch Christus geschehenen Erlösung ihrem Glauben an ihn und ihrer darauf gegründeten brüderlichen Liebe Ausdruck gibt und dem für sie dahingeopferten Herrn zur treuen Nachfolge sich angelobt. Diese ganze Auffassung konnte nun aber zumal mit der von Zwingli ihr gegebenen dogmatischen Begründung auf Luther nicht anders als abstoßend wirken, dessen tiefste Erfahrung im Gegenteil dahin ging: „Wir armen Menschen müssen, dieweil wir in den Sinnen leben, ein äußerliches Zeichen haben neben den Worten, und zwar so, daß dieses Zeichen sei ein Sakrament, das ist, daß es äußerlich sei und doch geistlich Ding habe und bedeute, damit wir durch das Äußerliche in das Geistliche gezogen werden". Was ihm der höchste Glaubenstrost, das höchste Geheimnis göttlicher Herablassung und Liebesoffenbarung war, das wurde von Zwingli für eine Verletzung der göttlichen Majestät erklärt und kühl und sicher als Rest des römischen, ja heidnischen Aberglaubens und als gefährlicher Anhaltspunkt zur Wiederaufrichtung eines mittlerischen Priestertums abgewiesen. Umgekehrt, was diesem die höchste Erhebung des Glaubens und die wahrhaft evangelische Auffassung des Christentums war, das erschien Luther als das eigenwillige Umstoßen einer göttlichen Ordnung und als die Leugnung des größten der Kirche geschenkten Gnadenwunders, — und die Dunkelheit der neutestamentlichen Zeugnisse erlaubte es scheinbar beiden Teilen ihre Auffassung als die wahre und allein zulässige Auslegung derselben hinzustellen. In der Abendmahlslehre verschärfte sich also in der That die Verschiedenheit der beiden Reformatoren, die in ihrer sonstigen Theologie und in ihrem kirchlichen Wirken als die mehr oder weniger starke Betonung verschiedener Gesichtspunkte im Umkreis des gleichen geistigen Horizonts ausgelegt werden konnte, zu einem entschiedenen religiösen Gegensatz, der durch keine vermittelnden Formeln überbrückt werden konnte, sondern auf zwei prinzipiell verschiedene Auffassungsweisen des Christentums selbst zurückwies, der aber allerdings auch wieder in der Gemeinsamkeit der sonstigen reformatorischen Grundanschauungen und vor allem in der auch von Zwingli so nachdrücklich betonten Beziehung des Abendmahls auf den Versöhnungstod Christi seine Überwindung hätte finden können.

Und vielleicht wäre in der That auch diese gemeinsame Grundlage deutlicher ins Bewußtsein getreten und der Streit nicht zu einem so leidenschaftlichen und unversöhnlichen geworden, wenn nicht der schweizerische Reformator mit seiner Darlegung der Abendmahlslehre zuerst als ein Bundesgenosse Carlstadts Luther entgegengetreten wäre und sie damit diesem von vornherein in das Licht von dessen schwärmerischem Subjektivismus gestellt hätte. Zwingli hatte die Grundzüge seiner Lehre unabhängig von Luther und im ausschließlichen Gegensatz zur katholischen Transsubstantiationslehre gewonnen. Er glaubte gerade in ihr den festesten Angriffspunkt gegen die römische Superstition und Hierarchie zu besitzen und war überzeugt, daß mit ihrer Preisgebung allmählich auch die ganze evangelische Position wieder dahinfallen müßte. Für ihn war zudem Carlstadt durchaus nicht der einzige Vertreter dieser Auffassung. Holländische Glaubensgenossen hatten sie ihm, noch ehe er sie öffentlich aussprach, bereits als eine in der Schule Wessels verbreitete mitgeteilt; seinem Freunde Capito und dem jungen Bullinger hatte sie sich als eigene Entdeckung aufzudrängen angefangen; Zwingli sprach in der That, — als er sie, zunächst um der ungeschickten exegetischen Begründung Carlstadts die richtige entgegenzustellen, Ende 1524 zuerst öffentlich darlegte, nur in klarer Formulierung und mit einleuchtender biblischer Begründung aus, was in einem weiten Kreise der evangelischen Kirche bereits als Wahrheit geahnt oder auch als feste Überzeugung im Geheimen schon anerkannt wurde.

Für Luther dagegen stellte sich hauptsächlich in Folge dieser Verbindung mit dem Auftreten Carlstadts die ganze Lehre von Anfang an unter den Gesichtspunkt eines Abfalls innerhalb des eigenen Lagers, der ihm um so gefährlicher erschien, je mehr er sich selbst das Einleuchtende und Verführende der von Zwingli vorgebrachten Gründe eingestehen mußte. Dazu kamen aufreizende Briefe wie die kürzlich veröffentlichten des Straßburgers Gerbelius; sie schilderten ihm die Verbreitung des Zwinglischen „Giftes" als ebenso gefährlich wie den Bauernkrieg, erzählten von der Unterdrückung der gegen sie gerichteten Schriften und forderten ihn dringend auf durch sein eigenes Dazwischentreten dem umsichgreifenden Abfall zu steuern und die an ihrem ewigen Heil be-

drohten Seelen zu retten. Und wenn nun Luther in seinen gegen
Zwingli gerichteten Streitschriften dieser Aufforderung mit dem
ganzen leidenschaftlichen und trotzigen Ungestüm Folge leistete,
das ihm in solcher Kampfesstimmung eigen war, und auch Zwingli
gegenüber jenes von vornherein auf jede Verständigung verzich=
tende Selbstgefühl an den Tag legte, das ihn gegenüber dem als
Feind der Wahrheit von ihm verurteilten Gegner zu beseelen
pflegte, so ließ es andrerseits auch dieser, nachdem einmal der
Bruch eingetreten und der Gegensatz noch weit über sein ur=
sprüngliches Maß hinaus erweitert worden war, in seinen Ent=
gegnungen nicht an scharfen und bitteren Worten fehlen, die da=
durch jedenfalls nicht weniger verletzend wirkten, daß sie der
leidenschaftlichen Erregtheit Luthers einen kühlen Spott und den
oft wiederkehrenden Vorwurf willkürlicher Erdichtung, völliger
Verständnislosigkeit, blinden Eiferns u. s. w. entgegensetzten. Er
kann ihm etwa vorhalten, in seiner Antwort „nichts, was der
christlichen Wahrheit würdig gewesen wäre, vorgebracht zu haben,"
oder ihn zur Selbstprüfung auffordern, ob nicht seine Hartnäckig=
keit ein Zeichen der göttlichen Verwerfung sein könnte; er macht
ihm, während Luther ihn der Verleugnung des Glaubens zeiht, den
Rückfall ins Papsttum zum Vorwurf; er kann die Forderung
eines Glaubens auch gegen das Zeugnis der Sinne durch die
Erinnerung an jenen Betrüger lächerlich machen, welcher vorgab,
er habe einen Tempel mit schönen Bildern bemalt, die aber nur
den aus ehelicher Geburt Entstammten sichtbar wären, und der es
auf diesem Wege auch richtig erreicht habe, daß alle, um nicht
jenen Makel auf sich zu laden, die Bilder wirklich zu sehen vor=
gaben. Und in der Darlegung der eigenen Ansicht sehen wir
gerade in diesen Verhandlungen mit Luther die Berührungspunkte
ungleich mehr zurückgestellt, als es in den Darstellungen vor und
nach dem Streite der Fall ist. Erklärungen wie die, daß uns
Christus im heiligen Abendmahle zur Sicherung sein Fleisch und
Blut als Speise gebe, daß durch seinen Empfang der sinnliche
Mensch in den Gehorsam des Glaubens hineingezogen werde,
suchen wir in jenen Streitschriften vergebens; seine Bedeutung
wird gerade hier ausschließlich in die eines kirchlichen Erinnerungs=
und Bekenntnisaktes gesetzt und andrerseits auch der Lehre Luthers

von der Allgegenwart des Leibes Christi eine Auffassung vom himmlischen Fortleben desselben gegenübergestellt, die jener nicht ohne Grund als eine kindische und ungenügende auch seinerseits dem Spotte preisgeben konnte. Auch in diesem Streite wurde, nachdem die literarischen Verhandlungen sich als erfolglos erwiesen hatten, die Entscheidung auf ein Religionsgespräch abgestellt, das letzte, an welchem Zwingli noch Teil genommen hat. Es war das Religionsgespräch zu Marburg, zu welchem Anfangs Oktober 1529 auf Veranstaltung des Landgrafen von Hessen die Häupter der reformatorischen Bewegung zusammen kamen, neben Luther und Melanchthon der Nürnberger Andreas Osiander und der Würtemberger Johannes Brenz und von der andern Seite neben Zwingli Oekolampad aus Basel und Butzer und Hedio aus Straßburg. Die Verhandlungen fanden zuerst zwischen Luther und Oekolampad einerseits und zwischen Zwingli und Melanchthon andrerseits statt und wurden darauf an den folgenden Tagen in allgemeiner Versammlung vor dem Landgrafen und seinem Hofe fortgesetzt; es war das einzige Mal, daß die Wittenberger und die Schweizer Reformatoren abgesehen von der früheren Bekanntschaft zwischen Melanchthon und Oekolampad einander von Angesicht sahen und persönlich mit einander in Verkehr traten. Auch war diese persönliche Begegnung trotz dem Mißerfolg in der Hauptsache durchaus keine fruchtlose. Wenn man in der Frage über die leibliche Gegenwart Christi im Abendmahl keine Einigung zu finden vermochte, so konnte doch in Bezug auf den sonstigen Lehrinhalt das Vorhandensein einer Einheit konstatiert und ein gemeinsames Bekenntnis aufgestellt werden, welches in diesem Zeitpunkte unmittelbar vor der definitiven Spaltung der beiden reformatorischen Richtungen abgefaßt, zum doppelt wertvollen geschichtlichen Denkmal der auch in ihrer Verzweigung sie verbindenden und zusammenhaltenden Glaubensgemeinschaft geworden ist. Für das Urteil Luthers freilich war auch dieser Reichtum des gemeinsamen Glaubensinhalts noch nicht hinreichend um ihn zu einer entscheidenden Änderung seiner Gesinnung gegen die Schweizer zu veranlassen. Wie er schon vor seiner Beteiligung an dem Streit mit ihnen, im Jahre 1526 sich dahin erklärt hatte, „daß er alle, welche die leibliche Gegenwart leugneten, als vom christlichen Glauben ausgeschlossen ansehe," so zeigte er sich auch jetzt für alle Bemühungen unzugänglich, die ihm das christliche und exegetische Recht einer von der seinigen abweichenden Deutung der Einsetzungsworte klar zu machen suchten. Er hatte diese Worte bei der Verhandlung vor sich auf den Tisch geschrieben; jeder Einwurf gegen seine Erklärung war ihm ein Widerspruch gegen die „lauteren und dürren Worte Gottes", und schließlich verabschiedete er sich, als die Gegner sich der ihnen zugemuteten unbedingten Unterwerfung nicht fügen wollten, von ihnen mit den verhängnisvollen Worten: „Ihr habt einen anderen Geist als wir", und mit der Erklärung, daß er sie nicht als Brüder anerkennen, sondern nur die Liebe, die man auch dem Freunde schuldig sei, ihnen zusagen könne; es war, gleichzeitig mit jener Konstatierung der vorhandenen wesentlichen Glaubenseinheit, der Untergang der Hoffnung, daß auf dem Grunde dieses 'gemeinsamen Glaubens eine einheitliche evangelische Gesammtkirche sich würde erbauen können.

Und doch kann trotz dem Scheitern dieser Hoffnung und trotz der erfahrenen Zurückweisung auch dieses Religionsgespräch seinen geschichtlichen Folgen nach für Zwingli nicht als eine Niederlage, sondern nur als ein Sieg gelten, der in seiner Bedeutung dem zu Zürich und zu Bern erfochtenen ebenbürtig zur Seite steht, und es wird immer zu den großen und entscheidenden Thaten seines Lebens gerechnet werden müssen, daß er bei diesem Zusammentreffen seine Hand wohl zum Frieden, aber nicht zur Unterwerfung dargeboten und, wenn auch über dem Scheitern seiner Friedenshoffnung seine Augen sich mit Thränen füllten, doch diesen Frieden durch keinerlei Verleugnung der Wahrheit erkauft hat. Die Versuchung zum Nachgeben damals wie bei spätern Gelegenheiten war ja groß genug. Mit dem Scheitern des theologischen Einigungsversuchs war auch der von ihm mit so großen Hoffnungen gefaßte politische Einigungsplan vernichtet, dessen Vereinbarung neben der dogmatischen Verhandlung einen Hauptzweck seiner gefährlichen Reise gebildet hatte, und auch später sehen wir noch mehr als einmal das dem Abschluß schon nahe gebrachte Bündniß zwischen den protestantischen Kirchen im

Norden und im Süden an dem Umstand wieder auseinandergehen, daß Zwingli sich nicht dazu verstehen konnte, das freie und bestimmte Bekennen dessen, was ihm als Wahrheit feststand, sei es auch nur in Form eines zweideutigen Ausdruckes, solchen politischen Rücksichten zu opfern. Auch er war in einer von aufrichtigem Wahrheitsernst geleiteten Arbeit und im Gebet um die göttliche Erleuchtung seiner Überzeugung gewiß geworden, und er war sich nicht weniger als Luther bewußt in der Bildung seiner Lehre nicht blos rationellen Erwägungen, sondern dem klaren Wortlaut und dem einheitlichen Sinn der biblischen Offenbarung gefolgt zu sein, und „seine Gründe, wie er bezeugt, nicht in eigenen Worten, sondern in den starken und unüberwindlichen Worten Gottes gesetzt zu haben." Und auch in ihm lebte die volle Klarheit darüber, in was für einem Zusammenhang dieser eine Punkt mit dem ganzen Geist und der ganzen Zukunft der von ihm begonnenen Reformation stand. Als im Beginn des entscheidenden Jahres 1531 nach dem Zusammentritt des schmalkaldischen Bundes die Bemühungen des hessischen Landgrafen und Straßburgs noch einmal ein Gesammtbündnis der evangelischen Staaten vorbereitet hatten, dessen Zustandekommen dem Schicksal Zwinglis und vielleicht der ganzen Geschichte des Protestantismus eine andere Wendung gegeben hätte, und der Beitritt der schweizerischen Städte nur noch davon abhing, ob sie sich in bezug auf die Abendmahlslehre einer Formulierung anschließen würden, die durch ihre Zweideutigkeit beiden Teilen das Recht gab ihre Auffassung darin ausgesprochen zu finden, gab Zürich auf Zwinglis Veranlassung in einer an Straßburg gerichteten und in einer neueren Aktensammlung abgedruckten Zuschrift zur Motivierung seiner Weigerung die denkwürdige Erklärung: „Es ist auch zu bedenken, daß wir nicht allein uns selbst leben, sondern auch den nachkommenden Zeiten und Menschen, und so wir jetzt die Wahrheit nicht bis in den Tod hinein bekenneten, sondern davon abstünden aus Furcht oder Begierde, wäre das nicht eine Verwirrung auch der künftigen Welt?" Man kann also wohl sagen: wie auf dem Religionsgespräch zu Zürich dem grundlegenden Reformationswerk Zwinglis in Zürich die Bahn eröffnet und auf demjenigen zu Bern seine weitere Ausbreitung in der Schweiz und im südlichen Deutschland gesichert worden ist, so hat Zwinglis Standhaftigkeit zu Marburg die theologische Eigenart desselben der Nachwelt erhalten und damit zugleich für die ganze Zukunft und den ganzen Umfang des evangelischen Protestantismus auch jene allgemeinen Grundsätze freier Schriftforschung und theologischer Lehrbildung sichergestellt, die es dem evangelischen Glauben möglich gemacht haben, auch unter der Herrschaft neuer wissenschaftlicher Methoden und fortschreitender, das augustinisch mittelalterliche Lehrsystem verdrängender Erkenntnisse als der ewig frische Quellpunkt des religiösen und sittlichen Lebens sich zu behaupten.

So ist es nach allen Seiten hin das Bild einer groß aufgefaßten und heroisch durchgeführten Aufgabe und Leistung, was die Vergegenwärtigung der reformatorischen Arbeit Zwinglis in dem kurzen Zeitraum eines einzelnen Jahrzehnts uns vor Augen stellt, groß und heroisch auch in dem, worin er geirrt und gefehlt hat, und groß und erhebend auch für solche, denen die konkreten Ziele und Ergebnisse dieser Arbeit vielleicht ferner liegen und nicht in allen Punkten die Zustimmung abgewinnen können. Ein Vorbild treuer, selbstverleugnender Hingebung an die Pflichten des Amtes, ist Zwinglis Leben ein Zeugnis davon, was dieses Amt durch die rechte Benutzung der ihm anvertrauten Kräfte auszurichten vermag. Das Gemeinwesen, in das er als Fremdling eingetreten, läßt er bei seinem zwölf Jahre nachher erfolgten Tode als ein durch und durch erneuertes und, nach dem Stempel seines Geistes umgewandeltes zurück und ruft durch die einfache Reproduktion des Schriftwortes in demselben eine der merkwürdigsten Umwälzungen, welche die Geschichte kennt, hervor. Auch der Kampf, in welchem er sein Leben opferte, und mit seinem Leben auch die Reinheit seiner reformatorischen Ziele Preis gab, war seinem Beweggrunde nach ein Kampf für ideale Güter und für die Regeneration des Vaterlandes und der Ausfluß jenes Solidaritätsgefühls und jenes Bedürfnisses nach Mitteilung der von Gott empfangenen Güter, das von da an der reformierten Kirche als Missionstrieb nach innen und außen in so besonderem Maße eigen werden sollte. Und mitten in diesen Arbeiten und Kämpfen behält er die Kraft, auf dem Gebiet der Schriftauslegung wie der systematischen Lehrentwicklung theologische Werke hinzustellen, die, wenn auch vielleicht nicht in allen Ergebnissen, doch in ihrer Methode und in ihren Grundsätzen noch auf Jahrhunderte hinaus vorbildlich sein konnten. Und größer vielleicht noch als durch die Erfolge seines Wirkens steht sein Bild in der Geschichte durch den Geist, von dem es beseelt war: wir meinen seine freie, allem Scheinwesen und aller konventionellen Beschränktheit abgeneigte Natürlichkeit und Offenheit, sein tiefes Gefühl der Verantwortlichkeit für seine Gemeinde und sein Volk, seine herzliche und allezeit hilfsbereite Teilnahme, seine fest im Evangelium gegründete, immer fröhliche und auch in den trübsten Zeiten und Lagen unentwegt an dem Walten der ihrer Ziele sichern Gottesmacht festhaltende Glaubenszuversicht. Es ist der Geist, welcher auch seine geschichtliche Erscheinung bei aller menschlichen Beschränktheit immer für seine Kirche vorbildlich machen wird, und welcher dieser zugleich die Bahn vorzeichnet, auf der sie auch in veränderten Verhältnissen ihres Einflusses und Segens wird gewiß bleiben können.